mouros, Franceses e judeus

LUÍS DA CÂMARA CASCUDO

Mouros, Franceses e Judeus
três presenças no Brasil

© Anna Maria Cascudo Barreto e
Fernando Luís da Câmara Cascudo, 1999
3ª Edição, Global Editora, 2001
3ª Reimpressão, 2022

Jefferson L. Alves – diretor editorial
Flávio Samuel – gerente de produção
Rosalina Siqueira – assistente editorial
Rita de Cássia M. Lopes e Maria Cecília K. Caliendo – revisão
Marcelo Azevedo – capa
Gisleine de C. Samuel – editoração eletrônica

Dados Internacionais de Catalogação na Publicação (CIP)
(Câmara Brasileira do Livro, SP, Brasil)

Cascudo, Luís da Câmara, 1898-1986.
  Mouros, franceses e judeus: três presenças no Brasil / Luís da Câmara Cascudo. – 3. ed. – São Paulo : Global, 2001.

  ISBN 978-85-260-0688-1

  1. Franceses – Brasil 2. Folclore – Brasil 3. Judeus – Brasil 4. Árabes – Brasil I. Título.

  00-5125   CDD–398.0981

Índices para catálogo sistemático:

1. Brasil : Cultura popular: Folclore   398.0981
2. Brasil : Folclore   398.0981

Obra atualizada conforme o
NOVO ACORDO ORTOGRÁFICO DA LÍNGUA PORTUGUESA

Global Editora e Distribuidora Ltda.
Rua Pirapitingui, 111 — Liberdade
CEP 01508-020 — São Paulo — SP
Tel.: (11) 3277-7999
e-mail: global@globaleditora.com.br

- globaleditora.com.br
- @globaleditora
- /globaleditora
- @globaleditora
- /globaleditora
- /globaleditora
- blog.grupoeditorialglobal.com.br

 Direitos reservados.
Colabore com a produção científica e cultural.
Proibida a reprodução total ou parcial desta
obra sem a autorização do editor.

Nº de Catálogo: **2138**

Sobre a reedição de Mouros, Franceses e Judeus

A reedição da obra de Câmara Cascudo tem sido um privilégio e um grande desafio para a equipe da Global Editora. A começar pelo nome do autor. Com a concordância da família, foram acrescidos os acentos em Luís e em Câmara, por razões de normatização bibliográfica. Foi feita também a atualização ortográfica, conforme o Novo Acordo Ortográfico da Língua Portuguesa; no entanto, existem muitos termos utilizados no nosso idioma que ainda não foram corroborados pelos grandes dicionários de língua portuguesa nem pelo Volp (Vocabulário Ortográfico da Língua Portuguesa) – nestes casos, mantivemos a grafia utilizada por Câmara Cascudo.

O autor usava forma peculiar de registrar fontes. Como não seria adequado utilizar critérios mais recentes de referenciação, optamos por respeitar a forma da última edição em vida do autor. Nas notas foram corrigidos apenas erros de digitação, já que não existem originais da obra.

Mas, acima de detalhes de edição, nossa alegria é compartilhar essas "conversas" cheias de erudição e sabor.

Os editores

SUMÁRIO

Preliminar 9

1. Presença Moura no Brasil 15

2. Roland no Brasil 41

3. Temas do *Mireio* 49

4. Motivos do *Heptaméron* 63

5. Motivos Israelitas 89

Bibliografia de Luís da Câmara Cascudo 113

PRELIMINAR

> "L'Antiquité, on la dit, est chose nouvelle."
>
> SAINTE-BEUVE

Esses cinco ensaios de indagação na cultura popular brasileira, e pesquisa bibliográfica confirmadora, pediram alguns anos de elaboração. "Roland no Brasil" e "Mireio" saíram na revista *Ocidente*, vols. LXII e LXIV, Lisboa, 1962 e 1963. "Roland", com ampliação, reimprimiu-se em Natal, Tip. Santa Teresinha, do escritor João Carlos de Vasconcelos, 1962. "Heptaméron" apareceu em *Douro Litoral*, V-VI, 6ª série, Porto, 1954. Foram todos reunidos nos *Motivos da Literatura da França no Brasil*, Imprensa Oficial, Recife, 1964, iniciativa do diretor Cleophas de Oliveira, e fora de mercado.

Para "Heptaméron" escreveu brilhante prefácio o escritor Américo de Oliveira Costa, da Faculdade de Direito da Universidade Federal do Rio Grande do Norte, meu aluno e meu mestre.

"Presença Moura no Brasil" divulgou-se na *Revista de Etnografia*, nº 9, Porto, 1966, dirigida pelo Dr. Fernando de Castro Pires de Lima, havendo separata. "Motivos Israelitas na Tradição Brasileira" circulou na revista *Comentário*, vol. 7, nº 1 (25), primeiro semestre de 1966, Rio de Janeiro, publicação do Instituto Brasileiro-Judaico de Cultura e Divulgação.

Foram todos desdobrados no plano da informação e conclusão sociológicas, utilizando-se documentação desaproveitada quando das primeiras redações. Exponho algumas "permanentes" temáticas mais ou menos ignoradas, nos costumes gerais e na literatura oral do Brasil, com indispensável análise. Repito o que escrevi no prefácio de *Anúbis e Outros Ensaios*,[1] em 1951:

> Os motivos deste livro foram encontrados na vida cotidiana do povo brasileiro. Continuam todos existindo e facilmente registrados por quem deseje procurá-los.

---

1 Edição atual – "*Superstção no Brasil*" – 5. ed. São Paulo: Global, 2002. (N.E.)

Não serão jamais identificados nas origens iniciais, perdidas na imensidão milenar e complexa das culturas orientais. Uma afirmação constituirá opinião pessoal, seja qual for a altura do opinante.

As palavras de simpatia, espontâneas e numerosas, animaram o desejo de incluir num tomo único quanto dispersamente surgira, facilitando leitura curiosa ou amável consulta.

Essa é a intenção que amadrinha o volume.

Esses assuntos foram antiga predileção fiel. Se hóspedes, velhos hóspedes, quase membros da família mental. Ensinei Etnografia Geral enquanto existia a cátedra na Faculdade de Filosofia. Fui o primeiro diretor do Instituto de Antropologia da Universidade Federal do Rio Grande do Norte, desde março de 1965, com meu nome, assim também sua "Medalha de Mérito", pela generosidade do Magnífico Reitor Onofre Lopes e voto unânime do Conselho Universitário. São os meus antecedentes funcionais, excluindo artigos de revistas e livros, de citação dispensável.

Um uso popular sempre investiguei partindo da constatação imediata, ou informação fidedigna, e não *fideindigna*, como dizia Capistrano de Abreu; estendendo a indagação pelo aparato bibliográfico, procurando fixar o inevitável complexo e nunca o ato isolado, sedutor mas incaracterístico. A interpretação depende da evidência e não da predileção erudita.

Para os mouros e judeus, povos ecumênicos cujas raízes comuns e semitas já em 1851 Ernesto Renan recusava aceitar, a influência no consuetudinário brasileiro não significará fontes unitárias porque esses grupos humanos atravessaram espaço e tempo imemoriais, Cronos sem Clio, assimilando usos e costumes compatíveis com as necessidades vitais do momento social. Os mouros abjuraram doze vezes o maometismo e aceitaram-no, ao final, como uma razão de defesa política, levando para a doutrina, vertical e dura, quase todas as superstições dos cultos anteriores, talqualmente Maomé respeitara, numa religião sem imagens, a Pedra da Caaba e o Poço do Zemzem, supersticiosas tradições pré-islâmicas.

A falsa unidade cultural de judeus e mouros pode, pela diversidade temática, denominar-se "multidão", como os demônios de Gerasa. Antes tiveram os milênios por séculos, contemporâneos de todas as civilizações históricas.

Desde quando mouros e judeus conheceram-se? Na Ásia o tempo está eneveoado de lendas. Na África, *se fama est veritas*, estaria em Marrocos grande massa fugitiva, quando Salmanassar IV da Assíria, o Ouloulai de Babilônia, atacou Samaria no século VIII a.C. Houve pequenos reinos israelitas no Maghreb, historicamente provados, e os cemitérios judeus atestam antiguidade espantosa pelo interior da terra africana do norte. A pátria de Maomé estava povoada de judeus no século VI d.C.

Com os pretos africanos o contato fora anterior ao ressecamento do Saara, então com flora virente, águas vivas, caça abundante, onde eles viviam, com antílopes, elefantes e hipopótamos enxundiosos. Jamais deixou de haver intercomunicação pelas estradas comerciais com a África do Atlântico. A expansão moura, Península Ibérica, França, Sicília, as ameaças à Roma papal, o domínio na pirataria do Mediterrâneo, constituem *curriculum* ginasial europeu.

Em boa simpatia convencional creio Portugal *raça latina*, sentindo a mesma convicção lírica de Lisboa ter sido fundada por Ulisses. A presença romana foi um enxerto de galho, utilizando a seiva sem que alcançasse as raízes. Já o português era "povo formado" pelo lado de dentro, milenar, "jardim da Europa" com flores de todas as paragens. Diga-se semelhantemente da *vieja* España, sugerindo a muito sociólogo a imagem da fronteira africana nos Pirineus. No derradeiro ano do século XV, quando Pedro Álvares Cabral rumou ao Brasil, Portugal contaria mais de dois mil anos de participação cultural peninsular. Não digo antropológica, porque essa é muito anterior.

Certamente notam a insistência da "Etnografia" e a ausência da "Antropologia Cultural". Há meio século, quando fui estudante de Medicina, a Antropologia limitava-se à medição do sistema ósseo e comparações para as tentativas dos "tipos" em que então acreditávamos, como presentemente ninguém acredita. Não estávamos familiarizados com a rapinagem de Broca, levando para a Antropologia a clássica definição etnográfica. Para nós, naquele tempo amável, as culturas eram produtos dos *ethnôs* e jamais do unitário *anthrôpos*. O grupo, a gente, teria realizado na quarta dimensão o miraculoso programa hoje doado ao "Homem", promovido a vocábulo coletivo. Daí meus prejuízos em matéria de citação. A Antropologia Cultural é, para mim, visita cerimoniosa, imponente, de indispensabilidade *decretada*. Não posso, psicologicamente, ter a mesma facilidade de aproximação tida com a velha Etnografia. Como dizia Machado de Assis: – *Relevai esta nomenclatura morta; é vício de memória velha!*

Foram possíveis essas pequeninas pesquisas nos livros, arquivos e vozes antigas e familiares, podendo olhar e ver as reminiscências fiéis do Povo, porque já não existe a limitação ciumenta para o auxílio das *ciências correlatas*, agindo num plano de convergência informativa. Recorro à História como à literatura oficial ou vulgar dos povos estudados, mesmo num ângulo tecnicamente etnográfico. Comédias e poemas trazem notícias outrora privativas dos historiadores. Plauto, Terêncio, Aristófanes sabem minúcias ignoradas por Tito Lívio, Tácito, Heródoto. Aplico, formalmente, a fórmula do Prof. Bruno Schier da Universidade de Münster:

> Precisamos de nos habituar a considerar os fatos triviais de nossa vida popular como fontes históricas, que, em força testemunha, em nada ficam atrás dos velhos documentos e crônicas (*Vom Aufbau der deutschen Volksckultur*, 334).

Confirmei tal orientação estudando a mímica no Brasil: *História dos Nossos Gestos*, São Paulo, 1976.[2] Crianças repetem gestos anteriores ao Dilúvio. Fazemos posições mais velhas que o gênero humano. O Povo é o professor e a Convivência a Universidade vitalícia.

Verifica-se que cerimônias negras são romanas. Um jogo infantil dos nossos dias era prova adivinhatória em Babilônia. Em *Superstições Negras e Terapêutica Supersticiosa* examinei alguns desses motivos.

Um exemplo: *o presente de Iemanjá* quando afunda é porque Janaína aceitou a oferta. Sobrenadando, é índice de recusa. Ninguém discute a procedência africana da festa, característica no exercício da Umbanda, outrora Candomblé, irradiado da Velha Bahia, sudanesa fiel. Pertence, entretanto, aos cultos da Grécia Clássica, com dezoito séculos de prova. Pausânias (*Description de la Grèce*, III, 23, 5, 8) registou-a em Epidauro Limera, Lacônia, Grécia, escrevendo entre 161 e 181 anos depois de Cristo, quando Marco Aurélio era imperador, reportando-se ao milênio cultural. Num lago artificial atiravam a oferenda dedicada a Ino-Leucoteia, deusa protetora dos portos e com o dom profético. Felizes augúrios, se mergulhava. Maus presságios, boiando. É a velocidade inicial do "presente de Iemanjá", quanto ao pormenor da permanência à flor-d'água. Sainte-Beuve diz, logicamente: "L'Antiquité on la dit, est chose nouvelle...". Nós somos uma contemporaneidade dos milênios.

Mouros e Judeus não foram deparados em livros mas na vivência de usos e costumes brasileiros, mesmo nos sertões do oeste norte-rio-grandense onde vivi, menino pondo-se rapaz. Como não se sabe até onde corre o sangue dos Mouros e Judeus nas veias conterrâneas, era uma surpresa encontrar nos cimélios sapientes a denúncia da autenticidade presencial do Oriente em gestos e hábitos nas regiões de pedra e sol: – o tabu do sangue, repugnância às carnes dos animais encontrados mortos, balançar o corpo na

---

2 Edição atual – 2. ed. São Paulo: Global, 2004. (N.E.)

oração, a bênção com a mão na cabeça, o horror da blasfêmia, respeito ao cadáver e aos objetos de uso pessoal do defunto, pavor aos mistérios da Noite, da Lua Nova, das Estrelas Cadentes, do Relâmpago, o Trovão, voz de Deus irado, às perfídias do Anjo Mau... Criei-me temendo as Sombras, Águas Paradas, torvelinho de folhas secas, Aleijados de nascença, Velhos de barba-longa, homem de fala fina. Orientalismo diluído no leite materno e das amas-pretas, acalentadoras das minhas impaciências infantis.

Mais uma vez os meus Mouros e Judeus procuram olhos contemporâneos para avivar-lhes as distantes reminiscências imemoriais, inconscientes, vivas, atrás da cortina do Passado.

Da imensa literatura oral brasileira, tantos anos investigada, acreditei oportuno destacar a simultaneidade de temas na França e no Brasil, numa distância de quatro séculos. Temas correntes, merecedores da escolha da rainha de Navarra no *Heptaméron*. Encontrei variantes brasileiras das *nouvelles* VI, XXIV, XXIX, XXX, XXXIV, XXXV, XXXVIII, XLIII, XLV, LII, na edição de Michel François (Garnier, Paris, 1943). Todas as nossas versões são de origem popular e não provindas de fontes literárias impressas. Atestam a continuidade simpática pelos enredos que se impuseram à *marguerite des princess*.

Do *Mireio*, de Mistral, reuni quarenta e seis coincidências temáticas, circulando na memória popular do Brasil.

A Provença nos veio através da influência galaico-portuguesa e não diretamente. Alguns mitos e superstições são gerais e correntes na Europa. Outros, semiesquecidos na Península Ibérica, ganharam vitalidade no Brasil, podendo incluir-se a América Espanhola. *Mireio*, centro de interesse tradicional, poema-síntese da terra e gente do Crau, vale documento expressivo, na indicação etnográfica do Prof. Bruno Schier, da Universidade de Münster.

A figura de ROLDÃO, o Roland, Par de França, continua viva na poesia cantada do sertão do Nordeste. Não ocorre o mesmo na França, onde viveu, nem na Espanha, onde sucumbiu em agosto de 778. É inesquecido, atual, vulgar. Não penetrou nos contos mas é indispensável nos versos, imagem mais legítima da bravura, da coragem imediata, o homem-sem--medo, eterno encanto para a velha turbulência sertaneja. Reaparece até na cantilena dos cegos nas feiras, agradecendo a esmola. Muitas crianças são batizadas com seu nome. Um distrito do município de Morada Nova, no Ceará, intitula-se ROLDÃO. Não ultrapassou as fronteiras do território brasileiro. Não atuou em nenhuma ex-colônia francesa. Para nós, notadamente do Norte, é uma presença habitual, um contemporâneo, como Sherlock Holmes, na Inglaterra.

É o único motivo popular inspirado por livro impresso. Creio ter exposto no texto essas origens bibliográficas. Edições portuguesas do século XVIII e brasileiras desde princípios do XIX. As reedições, ultimamente resumidas, não desapareceram nas impressoras do Rio de Janeiro e São Paulo. Muitos episódios, incluindo o Imperador Carlos Magno, constituíram dramas, de caráter eminentemente popular por todo o século XIX, mas não recordados. Outras peripécias motivaram poemas, que eram todos cantados, agora apenas lidos, em sextilhas e décimas.

Os cantadores e poetas populares nordestinos ignoram o *Roland* das *chansons de geste* ampliadoras e a própria *Chanson de Roland* não deixou a companhia de alguns estudiosos urbanos, leitura que não alcança curiosidade plebeia. O *Roldão* brasileiro é uma atualidade. Não era possível retirá-lo da lembrança coletiva do meu país.

Porque não podemos deixar de falar do que temos visto e ouvido, é uma razão que encontrei nos *Atos dos Apóstolos*, 4, 20...

I
Presença Moura no Brasil

Quando o português veio para o Brasil, o mouro fora expulso do Algarve duzentos e cinquenta anos antes. Na Espanha foi preciso esperar os finais do século XV para que o reino de Granada fosse castelhano, justamente em janeiro do ano em que Cristóvão Colombo largaria de Palos para a jornada deslumbrante. O mouro viajou para o Brasil na memória do colonizador. E ficou. Até hoje sentimos sua presença na cultura popular brasileira.

Não dizíamos *árabe* ou *sarraceno* mas *mouro*, o nome mais constante na Península Ibérica, lembrando os berberes, mouros históricos, reinando na Espanha, vivos na recordação lusitana, Ifriqiya e Maghreb.

No Brasil, *árabe* tornou-se genérico nas últimas décadas do século XIX com a emigração da Síria e do Líbano, nominal popularíssimo, inclusive com o falso sinônimo de *turco*, vendedor ambulante que seria também o *regatão*, familiar nos rios amazônicos. O *sarraceno* não se aclimataria no linguajar nacional.

Da figura *árabe* temos a frase elogiosa: – *é das Arábias*, valendo habilidade, astúcia, raridade. Alusão à ave Fênix. As Arábias eram três: Pétrea, Desértica e Feliz. Explicava-se o plural. Nenhuma frase ligada ao *sarraceno* sobrevive no adagiário brasileiro.

Mouro vale mais. *É um mouro para trabalhar! Trabalho de mouro! Força de mouro! Cara de mouro*, impassível, imperturbável, serena. Trabalho esfalfante e tenaz é *mourejar*. A criança pagã é *moura*. *Quem poupa sem mouro, poupa seu ouro*, dizia-se no Portugal velho, e também no Brasil anterior a 13 de maio de 1888, valorizando o escravo negro. Do mouro ficou-nos ainda o *mourisco*, unicamente aplicado à coloração cinzenta ou vermelha, raiada de matiz mais claro. *Ladrão como gato mourisco!* Os mouriscos aparecidos nas *Denunciações* do Santo Ofício serão mestiços.

Creio que o *mourão*, *moirão*, esteio, peça de madeira compacta constituindo as ombreiras da porta do curral, qualquer tronco que dê imagem de resistência, firmeza inabalável, provenha de *mouro*, *moiro*, no aumentativo, na ideia associada da solidez material: – *forte como um mouro*, diz-se ainda no Brasil. Parece-me mais lógico que o vindo de *muro*, *murão*. O Pe. Jorge Ó Grady de Paiva sugere-me o latim arcaico *moion*, de *mulione*, baliza ou marco.

Terras de mouro significavam o limite extremo, os confins do mundo conhecido, a região mais longínqua que se pudesse conceber.

Mourama compreendia o país e a população moura. A *mourama foi tomada*, cantava-se no auto dos *Congos*, e não na *Chegança*, onde realmente os mouros intervêm, ausentes dos *Congos*, estes de assunto totalmente de Angola, Reino do Manikongo, no Zaire. E todos sabem do auto de *Cristãos e Mouros*, conhecido por *Chegança*, lutas dos soldados da Cruz contra o Crescente num barco assaltado por estes: batalhas de espadas e cantos, acompanhados a rufos de tambores, findando os infiéis vencidos e batizados, de acordo com o secular preceito catequístico. Há boa bibliografia na espécie e os autos se espalham, notadamente pelo Norte do Brasil, nas festas do ciclo do Natal.

Antes da primeira conflagração europeia (1914-1918), os ciganos eram considerados "mouros" pelos sertanejos. *São da terra dos mouros*, esclarecia-me, vendo-os passar pela vila de Caraúbas, meu tio Chico Pimenta (Francisco José Fernandes Pimenta), no Rio Grande do Norte, alturas de 1911.

Era uma lembrança da parlenda que se declamava balançando as crianças pelos braços:

> Bão-balalão,
> Senhor Capitão,
> Em terras de mouro
> Morreu seu irmão...

Uma peça vulgar na indumentária popular brasileira é o torço, turbante improvisado por um pano estreito, envolvendo parte da cabeça feminina, ocultando os cabelos. É comum em quase todo o Brasil. Nenhuma mulher saía de casa com a cabeça desprotegida, ao léu do vento. *Botava o pano*, ato preliminar denunciador da saída. *Bote um pano na cabeça e vá perguntar*, regista, num diálogo do seu romance nordestino, João Alfredo Cortez (*Cinzas de Coivara*, Rio de Janeiro, 1954). Catarina Mendez, cristã-nova, confessava, em agosto de 1951 ao Santo Ofício na cidade do Salvador, seus hábitos: – *pôs na cabeça toalhas lavadas para ir à igreja*, ou envolvia-se toda num manto, como informava Maria Lourença, cristã-velha, na mesma data e local: – *tomou logo o manto e se vem aqui fazer esta confissão* (*Primeira Visitação do Santo Ofício, Confissões da Bahia*, Rio de Janeiro, 1935). Influência moura nas negras muçulmanizadas sudanesas, vindas para o Brasil, embarcadas no Forte da Mina, Lagos, Ajudá (Gana, Nigéria, Daomé), ou bantas, exportadas via Cabinda ou Luanda em Angola. Cobrir a cabeça da mulher era exigência por todo o Oriente. O apóstolo Paulo insiste nessa obrigação. (*I. Coríntios*, 5-10). Os extraordinários penteados femininos na África não são obediência a Jesus Cristo nem a Maomé. São sobrevivências dos cultos locais. O torço, turbante provisório, tão conhecido no Brasil, é um elemento mouro. As portuguesas antigas usavam o manto ou a coifa, touca. *Dou-te uma touca de seda*, prometia Ana no *Auto da Índia* de Gil Vicente, 1519. O torço enrola a parte superior da cabeça. O pano cobre-a, alongando-se quase até os pés. Usando o lenço simples, esse desce pela nuca, amarrado sob o queixo. Assim usavam os judeus de Mogador. A praga em Sevilha para a inquietação andeja, incessante, refere-se ao manto: – *Corrido te veas como manto sevilhano!* Corresponde à figura da *gente de pano na cabeça*, que não demora em casa, no velho sertão do Nordeste brasileiro.

As nossas *MÃES-D'ÁGUA*, sedutoras pelo canto irresistível, terão parte com as *MOURAS-ENCANTADAS*. A Sereia já cantava no Mediterrâneo pelo século XV. No Atlântico viviam os monstros espantosos, povoando o Mar Tenebroso. A Sereia ficou algum tempo muda, passando da ave clássica para ser peixe e morar dentro d'água. As mais famosas da História e Lenda, aquelas que aparecem tentando a Ulisses e aos Argonautas, morreram afogadas. Não sabiam nadar.

O ameríndio não conheceu sereias como as possuímos agora, mas seres bestiais e famintos. *MÃE-D'ÁGUA* soprano e prima-dona é do século XIX.

O português traria, como pensava Henry Walter Bates, a sereia irmã da Lorelay para o Brasil. Creio ter havido convergência da *MOURA--ENCANTADA*, cuja permanência atrativa não se devia apenas ao canto melodioso, mas à oferta de valores preciosos, ouro, prata, joias. Quem desencanta a *moura* ficará perpetuamente rico.

AS *MOURAS-ENCANTADAS* viviam no Algarve, Minho, Trás-os-Montes, Beiras, regiões de larga e persistente participação demográfica com o Brasil. Preferem residir perto dos lagos, córregos, fontes, sempre água doce. Não havia *moura-encantada* morando à beira-mar em caráter definitivo. Tinham os mesmos hábitos das *XANAS* asturianas. Uma boa percentagem brasileira canta no mar, como as sereias literárias. Deduzo não haver tempo para penetração fixadora. Vieram pelo mar e algumas continuam no oceano. Mas parte vultosa alcançou o Rio Amazonas e afluentes, firmando posse e exercendo a magia enternecedora e falsa da cantilena mortal. A Sereia histórica atraía para matar. A *MÃE-D'ÁGUA*, sereia fluvial brasileira, seduz para o amor e a vida farta e feliz. Tem poderes dominadores da economia, fator negativo às colegas de Homero e Ovídio. Há muitos anos defendo essa influência (*Geografia dos Mitos Brasileiros*, Rio de Janeiro, 1947).[1] No Brasil quase todos os entes fabulosos enriquecem seus devotos: mãe-d'água, saci-pererê, caipora, cachorrinho-d'água... A *MOURA-ENCANTADA* determinou esse atributo nas *MÃES-D'ÁGUA*.

Na Espanha e Portugal o mouro é mágico, sabedor de segredos miraculosos, senhor de recursos extranaturais. Mesmo os fenômenos de erosão são explicados como "obra dos mouros".

No século XVI havia uma *ORAÇÃO DO MOURO-ENCANTADO* possuindo forças maravilhosas para apaixonar qualquer pessoa masculina. Essa oração veio para o Brasil e Guiomar d'Oliveira, cristã-velha, casada com Francisco Fernandes, sapateiro na Bahia, teve-a de Antônia Fernandez, de alcunha "a Nóbrega", natural de Guimarães, taberneira em Lisboa e sabendo feitiços. A oração era assim: – *Fuão eu te encanto e reencanto com o lenho da vera cruz, e com os anjos filósofos que são trinta e seis e com o Mouro-Encantado, que tu te não apartes de mim e me digas quanto souberes e me dês quanto tiveres e me ames mais que todas as mulheres.* Dizia-se pela manhã (*Confissões da Bahia*, Rio de Janeiro, 1935). Essa oração, popular em 1591, não a encontrei nas investigações para o *Meleagro*, "Depoimento e Pesquisa sobre a Magia Branca no Brasil" (Rio de Janeiro, 1951),[2] quando pesquisei orações fortes.

No Brasil do Norte o papel cabe ao holandês, mesmo nas terras onde nunca esteve o seu domínio no século XVII (*Geografia do Brasil Holandês*, Rio de Janeiro, 1956). Quem aparece em sonhos indicando tesouros é normalmente um holandês, alma de holandês, de olhos azuis e *fala atravessada*. Deixaram, como os mouros na Península Ibérica, um rasto faiscante de pedrarias e moedas de ouro.

Uma *constante* tradicional do holandês fabuloso é a construção de edifícios sólidos, desafiadores do tempo. Até mesmo igrejas e conventos o batavo teimou em erguer, embora bom luterano. Naturalmente os fortes e as

---

1 Edição atual – 3. ed. São Paulo: Global, 2002. (N.E.)
2 Edição atual – 2. ed. Rio de Janeiro: Agir Editora, 1998. (N.E.)

fortalezas dão ao povo uma impressão do esforço flamengo, da espantosa durabilidade. E assim vão contando aos filhos e netos o esforço holandês que fora realmente lusitano. Em Natal, o Forte dos Reis Magos foi construído pelos portugueses de janeiro a junho de 1598 e definitivamente em 1614--1619 pelo engenheiro Francisco de Frias da Mesquita. É o mesmo que se mantém na foz do Rio Potengi. Os holandeses tomaram-no em dezembro de 1633. Abandonaram-no em janeiro de 1654. Sem nenhuma modificação.

Para a imaginação popular o Forte foi um trabalho holandês e com simples técnica feiticeira. O Prof. Clementino Câmara, no seu *Décadas* (Recife, 1936), registou a lenda: – "Quando não tínhamos o que fazer, palestrávamos acerca até de coisas sérias. Foi 'Caiçara' quem me contou primeiro como se fez a fortaleza. O terreno anoitecera sem indício de trabalho. De noite, vieram os holandeses, por baixo do chão, barrete vermelho, iniciaram a obra, de manhã estava concluída. Ah! povo danado! Exclamava ele diante de nós boquiabertos!"

Na Europa o mouro fizera semelhantemente. *Ce sont même les Serrasins qui ont construit l'église de Notre-Dame*, informa Pimpurniaux. Esses sarracenos edificaram uma igreja em Andellene e uma abadia no Val de Saint-Lambert, perto de Liège. O nome do campo vizinho é denunciante: – *Champs des Maures*.

O *barrete vermelho*, que o moleque Caiçara evocara a Clementino Câmara, é uma reminiscência do fez muçulmano, turbante, toque, escarlates, mencionados nas versões europeias sempre que o mouro comparece. Assim usavam também na Pérsia e na Índia. O desembargador Brás Rodrigues Pereira vira-os em Goa de 1710: – "Os mouros andão vestidos com a mesma gala de que os dotou a Natureza, e somente trazem hum pano e hum barrete vermelho". Idênticos aos nossos antigos *CONGOS, MOÇAMBIQUES, MACULELÊS*, barretes cilíndricos ou cônicos.

O mouro da *CHEGANÇA* veste vermelho, inclusive o turbante com a meia-lua. Dos três Reis-Magos, Belchior, o rei negro, é mouro, de turbante.

O *SARAMBEQUE*, que Luciano Gallet dizia dança africana aclimatada em Minas Gerais, considero-a possivelmente berbere, variante da *SARABANDA*, não mais em movimentos lentos e nobres, mas já em Portugal bailada com meneios indecorosos, popular e lasciva, inicialmente privativa de mulheres, índice do requinte mouro em não fatigar-se e ver dançar os corpos juvenis e femininos. Seiffedin-Bei, da embaixada da Turquia em Washington, a quem Oliveira Lima sugeria que valsasse, respondia: – *Ma foi non, dans mon pays nous les faisons danser pour nous*. Começara o *SARAMBEQUE* aos pares, como o minueto e a gavota, terminando em círculo, ardente e festivo. A *SARABANDA* inspirara Haendel, Bach, Corelli. O *SARAMBEQUE* ficou nas composições anônimas e jubilosas.

O prestígio da *História do Imperador Carlos Magno e dos Doze Pares de França* trouxe inevitavelmente os combatidos mouros, derrotados pela espada de Roldão (*Motivos da Literatura Oral da França no Brasil*, Recife, 1964). Os episódios da epopeia motivaram representações teatrais, popularíssimas pelo século XIX no Brasil Central e Meridional. Os cantadores contemporâneos habituaram-se a mencionar os guerreiros de Mafoma, adversários do paladino. Inclusive o príncipe omíada Abd el-Rahman, primeiro emir independente hispânico:

> Roldão pela força
> Casou c'uma moça
> De Abderramã!

Servir uma refeição no *chão limpo*, os pratos diretamente no solo nu, sem uma esteira, uma toalha grosseira de algodão, os convivas sentados em terra, era *comida de mouro*. Beber depois de comer e não durante a refeição, lembrança moura.

Sentar-se sobre as pernas dobradas era *feito de mouro*. De cócoras era indígena. Pernas cruzadas, *mulher fazendo renda*, é modo japonês e chino.

Uma etiqueta oriental, milenar e simbólica, atravessou catorze séculos, mais ou menos íntegra. Ainda nos resta, contemporaneamente, um visível resquício de sua existência funcional.

Desde os califas omíadas e abássidas, o documento assinado pelo Comendador dos Crentes obrigava o destinatário, depois da leitura, a beijá--lo e pô-lo um instante sobre a cabeça. O beijo era homenagem de veneração submissa. A missiva na altura da cabeça significava a disposição de perder a vida antes que desobedecesse e não cumprisse, fiel e completamente, tudo quanto a ordem contivesse. Esses gestos se tornaram instintivos, maquinais, inevitáveis.

Do Paquistão, Pérsia, toda a Ásia Menor e África do Norte, conheceram e acataram a praxe que se transmitiu ao Império Bizantino. Árabes e mouros levaram-no à Península Ibérica. Veio ter, oficialmente, ao Brasil.

É de fácil encontro nas coleções das *Mil e Uma Noites*, repositório de usos e costumes do mundo islâmico desde o século X.

Da primeira *VISITAÇÃO DO SANTO OFÍCIO* às partes do Brasil, julho de 1591, apresenta-se a provisão do Cardeal Inquisidor-Mor, Arquiduque Alberto, ao Bispo do Brasil, Dom Antônio Barreiros, e o *ditto senhor Bispo leo e despois de lida a beijou*. Levada a provisão ao Paço do Concelho da

Bahia, Martim Afonso Moreira, juiz mais velho, *leo e lida a beijou e pôs na cabeça*. Em outubro de 1593 repete-se o cerimonial na vila de Olinda. O licenciado Diogo do Couto, Ouvidor Eclesiástico de Pernambuco, Itamaracá e Paraíba, *leo toda e despois de lida a beijou e pôs na cabeça*. Na Câmara, Francisco de Barros, juiz mais velho, *leo toda em voz que todos ouvirão e despois de lida todas a beijarão e poserão na cabeça*, prometendo obediência e fervor. Mesmo ato em Itamaracá e Paraíba.

Na *Relaçam da Aclamação* de D. João IV, na Capitania do Rio de Janeiro, em 1º de março de 1641, recebendo cartas o Governador Salvador Correa de Sá e Benevides, *reconhecendo por o sobrescrito serem de sua Majestade, levantandose em pé abrio hua, e beijando, e pôdo sobre sua cabeça a Real firma, que nelle vio*, não duvidou em reconhecer e proclamar o Duque de Bragança legítimo rei de Portugal. Nesse 1641, na cidade do Salvador, o Governador D. Jorge de Mascarenhas, Marquês de Montalvão, lê a Ordem Real de sua destituição, *e vendo a ordem de Sua Majestade a beijou, e a pôs sobre a cabeça, e largou o cargo com alegre semblante* (Frei Manuel Calado, *O Valeroso Lucideno*, II, Lisboa, 1648).

Não creio ter havido uma lei árabe, moura, turca, determinando ósculo e toque na cabeça da sigla califal. Seria um dever consuetudinário, fiel à pragmática do Oriente.

Resta-nos beijar a carta cuja letra é uma projeção afetuosa.

Até as primeiras décadas do século XX as senhoras brasileiras, em absoluta maioria, cavalgavam em silhão, sentadas de lado, a perna esquerda na curva saliente do gancho e a direita pendente, apoiando-se no único e pequenino estribo. Reprovava-se o raríssimo montar *como homem*, escanchando-se. Ninguém previa o calção e as calças compridas, facilitando a serventia da mesma sela para o animal utilizado por ambos os sexos.

O transporte feminino, milenar e que ainda alcancei nos sertões do Nordeste, era a liteira, talqualmente empregavam as matronas em Roma. Viera do Oriente e os romanos tiveram-na do Egito. Liteira de Salomão, dez séculos antes de Cristo. Liteira do Imperador Augusto. Liteira do Cardeal Richelieu. A do Cardeal D. Henrique, derradeiro rei dos Aviz. A *caderinha*, ainda brasileira em 1890, era neta sintética da liteira. Mas isto é outra estória, como diria Kipling. A cadeirinha resistiu no uso feminino até os primeiros anos do século XX em todo o mundo muçulmano.

Nos finais do século XIX transitavam as andilhas, em cima das albardas, presas com a cilha resistente, forma usual para a jornada das velhas donas sertanejas, de categoria social mais modesta. Rafael Bluteau, em 1721, informava: – *Hoje é pouco usado. Em Lisboa usam d'ella as parteiras,* referindo-se ao Portugal de D. João V. No Brasil nordestino as andilhas eram vistas à volta de 1900. No Rio Grande do Norte, Filinto Elísio de Oliveira Azevedo (1852-1944) e Joaquim Inácio de Carvalho Filho (1888--1948) viram andilhas no Seridó e pelo Oeste do Estado, quando rapazes. As liteiras, mais cômodas, foram contemporâneas. Ainda as vi em 1910, minha mãe viajando numa delas.

A técnica de *montar de lado*, privativamente mulheril, recebemos de Portugal, com os animais de sela, ignorados no Brasil indígena.

Dizem ser também influência moura, porque as damas viajaram de liteiras ou de carros, pela Europa romana e medieval.

Debater-se-ia o problema da origem, dando-o por europeu, comum, histórico e normal. A indumentária não consentia outro processo, acomodando a vastidão esvoaçante das longas vestimentas. Coincidia com os trajes volumosos da mulher oriental, viajando sentada, imóvel, no camelo, ou deitada nas liteiras.

Vamos excluir as amazonas, desconhecendo saias ou tendo-as demasiado curtas. A posição na montada, para defender o pudor, obrigaria a permanecer com as pernas juntas ou próximas. No Brasil, as damas vestiam as *montarias*, saias imensas, cobrindo folgadamente desde a cintura, varrendo o solo com as fraldas. Mas a lição oriental é a liteira. As rainhas guerreiras montavam os camelos na hora da batalha, deixando o transporte comum. De mais a mais as mulheres muçulmanas, *au temps jadis*, não jornadeavam com os esposos, mas em grupo separado, sob a custódia dos eunucos e guardas fiéis, temendo as surpresas do assalto.

Não será fenômeno difusionista, mas de convergência ou simultaneidade pela ação de elementos idênticos na semelhança ecológica.

Um jogo pré-islâmico, *azlam, maisirou, maisar,* proibido por Maomé (*Alcorão*, Suratas II, 216, V, 92), é popular no Brasil. É a forma de *tirar a sorte* pela escolha de varetas, flechas, palhas, com dimensões várias. A mais curta denuncia quem perdeu. É a *courte paille*, denominando uma romança cantada no Canadá, versão da *Nau Catarineta*, onde ocorre a fórmula para eleger quem deva sacrificar-se pela tripulação. Usa-se nos jogos de prenda e mesmo na eleição de chefia nas brincadeiras infantis. Uma reminiscência da Caldeia. O profeta Ezequiel (XXI, 21), seis séculos antes de Cristo, vira o rei de Babilônia consultando a sorte numa encruzilhada, misturando as setas, *commiscens, sagittas,* para decidir-se se atacaria Rabat, cidade dos amonitas, ou Jerusalém, capital dos judeus.

Discute-se a reclusão feminina na Península Ibérica, o ciumento recato que afastava damas e donzelas do contato social masculino, teria fontes no domínio mouro, reminiscências do harém. Por todo o século XIX a tradição comum no Brasil, pelo interior de todas as províncias, era distanciar a mulher do homem que não fosse intimamente aparentado, pai, irmão, padrinho, esposo. Semelhantemente por toda a América Espanhola. Todos os viajantes estrangeiros registaram o isolamento em que vivia a família, mesmo abastada, e as raras ocasiões em que o visitante, generosamente recebido, percebia um vulto de mulher, rápido e sempre fugitivo aos olhos estranhos. Constituiu fórmula medieval, etiqueta soberana. O convívio natural nas cortes dos reis iniciou-o a França dos Valois e a Inglaterra dos Stuarts. Mesmo assim, fora dos momentos festivos, saudava-se a rainha indo vê-la no seu aposento, imóvel no estado, cercada de damas desconfiadas e vigilantes. Há, nesse particular, uma literatura interminável. Jamais participavam da refeição havendo hóspedes. O critério íntimo era daquela fidalga castelhana, recadando ao marido que a convidava a jantar com os amigos: – *Decid al Duque, qui si me hizo baxilla, no me hará vianda*, no que muito folgou Dom Francisco Manoel de Melo, repetindo, concordante, apesar de solteirão com bastardo. Em casa de Mistral, conta Daudet, havendo convidados *sa mère ne se met pas à table*. Era 1867. Festa imperial de Napoleão III. Mesmo na corte de Luís IX de França, a rainha-mãe, Branca de Castilha, comia *dou côté où le roi o ne mangeait pas*, informa Joinville.

Quanto ao Conde de Nassau, em 1639, as damas portuguesas do Recife convidadas para jantar respondem *que o jantar à sua mesa haviam por recebida a mercê, porém que não era uso, nem costume entre os portugueses comerem as mulheres, senão com seus maridos, e ainda com estes era quando não havia hóspedes em casa (não sendo pai, ou irmãos) porque nestes casos não se vinham assentar à mesa*, conta Frei Manuel Calado (*O Valeroso Lucideno*, Cap. IV, Lisboa, 1648).

Pela Europa, antes da cavalgata mourisca pelo Sul, já os romanos, na dura era republicana, guardavam as esposas e filhas no gineceu. A relativa liberdade grega era rijamente censurada por Eurípedes e competia às cortesãs o uso da comunicativa licença.

Não creio que os europeus, e decorrentemente os descendentes ameríndios, aguardassem a passagem moura para a fecundação dos zelos e desvelos em que se mostravam exímios. *Mulher em casa e perto da brasa. Homem no trabalho, mulher no borralho. Mulher fiando, mulher reinando. En la vida, la mujer tres salidas ha de hacer: al bautismo, al casamiento y a la sepultura o monumento. Al hombre, en el brazo del escudo, y la mujer en el del huso*. Esta era a LEI VELHA... O ciúme masculino não tem pátria de origem.

O cúmulo no vocabulário agressivo é dizer *o que Mafoma não disse do toucinho*. Proibindo o profeta a carne de porco (Suratas II, 168; V, 4; XVI, 116), a maldição muçulmana deveria ser formal.

Misteriosamente (porque não vive noutras regiões da pastorícia brasileira) resiste no Nordeste o *ABOIO*, documento impressionante do canto oriental, marcado em vogais, ondulante, intérmino, insuscetível de grafação em pentagrama, mas reduzível às notações melismáticas. Longo e assombroso testemunho da legítima melodia em neumas, recordando a prece da tarde, caindo do alto dos minaretes.

Nunca o deparei em Portugal, mesmo pelo Ribatejo, e jamais o registaram no Rio Grande do Sul. De tradicional cultura ganadeira no Brasil. Parece-me ter vindo dos escravos mouros da Ilha da Madeira, trazido o *aboiado* pelos portugueses emigrantes e não presença direta do elemento criador da monopeia. Carlos M. Santos (*Tocares e Cantares da Ilha*, Funchal, 1937) é o autorizado informante, comentando esse canto para tanger gado, entoado *numa série de interjeições semelhantes a vocalises, tendo bastante acentuado o estilo oriental, principalmente na neuma, a extraordinária semelhança com a "mourisca", donde parece ter saído*. A explicação mais plausível é o nosso *aboio* originar-se dessa modulação com que os prisioneiros mouros instigavam a boiada em movimento na Ilha da Madeira.

Não lembro os doces mouros no fanatismo do açúcar, por eles revelado ao Mediterrâneo, plantações da Sicília, de onde as primeiras mudas viajaram para as possessões portuguesas no Atlântico. Esses doces são nossos familiares, os mais fáceis, comuns e preferidos, na base de gema d'ovos, farinha de trigo e açúcar. Vieram para o Brasil com a portuguesa que aprendera o modelo mourisco. Onde estiver o mouro, o árabe, aí estará, infalivelmente, a doçaria.

José Mariano Filho publicou precioso ensaio sobre as *Influências Muçulmanas na Arquitetura Brasileira* (Rio de Janeiro, 1943), reixas, muxarabiês, torres de igrejas, dintéis, molduras de janelas e portas interiores. Recordo, na mobília tradicional, os sofás amplos e baixos, escabelos, estrados, palanquins. E os leques, guarda-sóis, véus para o rosto, tinta para as sobrancelhas, líquidos que dão brilho aos olhos. As longas unhas esmaltadas. As frutas secas e açucaradas. O cuzcuz. A linguagem por acenos. Os pátios interiores, com o pequenino repuxo silencioso. O arroz-doce.

O amor ao cavalo, o mais nobre dos animais úteis, não tivemos do mouro mas do árabe, especialmente do nômade. Mas dos mouros recebemos, via Portugal, muito molde de equitação: estribo de caçamba, espora de rosetas, chicote de couro. O árabe cavalgava à estardiota, estribos longos. O mouro à gineta, estribos curtos. As armas curvas. Acicatar o animal nas espáduas e não nas ancas, à moda do europeu. As selas grandes e pesadas, substituídas no século XIX pelos leves selins do gosto inglês. As "fantasias" cavaleiras. Apanhar o lenço no galope. Corrida do pato. Os floreios de alfanjes e cimitarras. As homenagens pela cavalaria.

Na vida pastoril de outrora, séculos XVIII e XIX, quando os fios de arame farpado não dividiam as pastagens e a gadaria era criada solta e livre, confusa, indeterminada, difícil a identificação da propriedade, animais sem *ferros* e marcas de posse, existindo o gado de vento, de evento, provindo das manadas erradias, tresmalhadas nos períodos de guerra, com os indígenas no Nordeste, com o espanhol na fronteira meridional, na intimidade psicológica das estâncias e fazendas, o abigeato não era crime, punível e reprovável. Seria forma hábil de aquisição oportuna, gratuita e natural. Deparar reses anônimas nas querências e malhadas e incluí-las no lote patronal, constituída quase uma modalidade de serviço, injustificável quando renunciado. O ladrão de gado, o desprezível *ladrão de cavalo*, capitulava-se penalmente se operasse na limitação da unidade recolhida. Arrebanhando porções maiores, atendia a um direito consuetudinário, uma lei antiga, notória e comum. As famas dos velhos sertões foram incontáveis, remembrando ardis e manobras de captura, condução e consumo, idênticas em toda a América onde o gado, bovino e equino, constituísse patrimônio fundamental na economia coletiva.

Eram uma presença árabe, caracteristicamente moura, as cavalgatas noturnas para a prea dos rebanhos alheios, pastando ao relento, nos descampados sem pastores. Os chefes, montando éguas porque essas não rincham, iniciavam a coluna cauta e sem rumor. Em Marrocos, um *sheik* venerando, soberano de grupo destemido, o *ruban* da Legião de Honra sangrando na brancura do albornoz, elogiava ao General Lyautey os benefícios da ocupação francesa. Caminhos tranquilos para o trânsito das caravanas, searas com a garantia das colheitas, aldeias libertas dos assaltos depredadores. Mas suspirava, olhando as estrelas – *É verdade! Mas que linda noite para roubar cavalos, se o franceses não estivessem aqui!*

Nenhum povo nômade considera o furto de animais encontrados no campo como um delito. Essa herança milenar de ação criminosa, tornada lícita pela continuidade normal, perdurou no Brasil pastoril, flor tropical e ávida, com raízes mouras e árabes mergulhadas no sem-fim dos tempos. Os berberes, mouros típicos, vieram da Ásia, filas de cavaleiros buscando o Ocidente, rumo ao Maghreb, Argélia e Marrocos, quatro ou cinco séculos antes de Cristo. O camelo tornou-se utilizável para eles no segundo século da era cristã, irradiado do Egito e na Cirenaica. O berbere, no alto do seu camelo, dominou a geografia do Saara.

Lembro a alparcata, alpargata, como escrevia o Padre Antônio Vieira, alpercata, apragata, para o nordestino, do árabe *al-pargat*, o mais antigo calçado dos climas tropicais, muitas vezes milenar e gentilmente contemporâneo. Levou-o o berbere para Espanha e Portugal desde princípios do século VIII. É ainda a defesa podálica dos beduínos, como era calçado dos príncipes guerreiros, almorávidas e almóadas. O tipo comum no sertão velho era simples, rude, cômodo, sem a estonteante complicação moderna das correias e fivelas decorativas. Duas faixas estreitas de couro, partindo dos lados da palmilha, cruzavam-se no peito do pé, sustentando uma fina tira de sola que passava entre o polegar e o segundo dedo. Era o mais antigo calçado do mundo em pleno uso atual. *BAXAE* egípcia, *PEDILON* grego, *SOLEA* romana, ponto de partida para as variedades industrializadas. Popular quatro ou cinco séculos antes de Cristo. Estava nos pés das deusas e das ninfas. E vive pelo interior da África Setentrional (*Dicionário do Folclore Brasileiro*, I, Rio de Janeiro, 1962).[3] No sertão do Nordeste brasileiro está rareando a velha *alpercata de rabicho*, que usei, como os caravaneiros do Saara, os vaqueiros e os cantadores.

Convenço-me de que o pandeiro e seus descendentes, mesmo sendo asiáticos, devem os espanhóis e portugueses aos mouros sua aclimatação. O pandeiro redondo ou retangular, adufe, o tamborim que os tupiniquins ouviram soar pelos marinheiros de Pedro Álvares Cabral em maio de 1500 nas praias de Porto Seguro, foram e são instrumentos inseparáveis dos cantos e danças mouras. Não estavam no Brasil do século XV, como estavam os tambores e trombetas. O português trouxera aquela oferta dos mouros, mouriscos, moçárabes, mudejares, bailarinos e cantadores, quando a Espanha era muçulmana e Portugal quase agareno. O adufe, que Maria, irmã de Moisés, com suas companheiras, tocou e contou, festejando o afogamento egípcio no Mar Vermelho (*Êxodo*, 15,20), era percutido na cidade do Salvador no fim do século XVI e sempre por mão feminina, como ainda ocorre em Portugal na marcha das romarias e folgares do arraial.

De sua popularidade portuguesa e quinhentista, é suficiente o espantoso Gil Vicente, depondo em 1530:

---

3 Edição atual – 12. ed. São Paulo: Global, 2012. (N.E.)

> Em Portugal vi eu já
> Em cada casa pandeiro!

Há uma superstição curiosa e ainda viva e respeitada entre brasileiros e mesmo em gente moça de cidade grande. Não entrar pela porta por onde saiu e não sair pela porta por onde entrou. A exigência acentua-se nas visitas às casas amigas, onde a intimidade permite o livre exercício da crendice. É espantosamente antiga. Veio da Arábia através da posse moura e árabe na Espanha e Portugal. No ano de 611, o profeta Maomé combatia esse hábito pré-islâmico, arraigado nas populações pagãs do século VII. Os peregrinos à Meca, voltando para casa, faziam abrir uma abertura no muro posterior da residência por onde entrassem. Pela porta principal, por onde haviam saído, não ousavam penetrar. Maomé deixou uma alusão expressiva na surata da Vitela (II, 185), tentando fazer desaparecer essa reminiscência herética, do tempo em que a Caaba de Meca hospedava 360 ídolos ou fetiches das tribos árabes. O mouro só aceitou a doutrina do *Alcorão* impondo a inarredável colaboração dos seus marabutos. Não ia abandonar uma tradição sugestiva como essa, que determinava dois caminhos na própria casa ou tenda, regressando de Meca e despindo o *hirâm* ritual. Chegou a Espanha nos princípios do século VIII, com a indispensável bagagem de suas venerandas superstições. No fim do século XX deparamo-la, íntegra, numa das maiores cidades do Brasil, num industrial culto, moderno, brilhante.

Alexandre Herculano ensinava que o Portugal muçulmano constava essencialmente de egípcios e mouros. Muitíssimo mais destes que daqueles. Esses mouros foram grandes elementos na dispersão de contos populares orientais (Pérsia, China, Índia), d'África Setentrional para África negra nas vias comerciais antiquíssimas, fundindo-se com as populações locais, sudanesas e bantas, e bem anteriores ao avanço teocrático e militar do arabismo maometano. Muitos episódios das *Mil e Uma Noites*, e outras fontes clássicas, alcançaram o Atlântico por intermédio desses berberes, um fundamento étnico africano que o cartaginês, o romano, o vândalo, o bizantino, o árabe, dominaram sem despersonalizar.[4]

É de crer que muitas estórias trazidas pelos escravos da África de Oeste, ligadas aos ciclos d'alta antiguidade arábica, tenham tido esses portadores para a subsequente comunicação, terminada no povo brasileiro.

---

4 Essas sensíveis "constantes" árabe-mouras no Brasil motivaram, noutros ângulos, alguns ensaios expressivos do escritor sul-rio-grandense Manoelito Ornellas, notadamente o volume *Gaúchos e Beduínos*, Rio de Janeiro, 1948.

Mouras legítimas são as exclamativas de desesperação e desabafo, vulgaríssimas entre nós, *ARRA! ARRE! IRRA!* E a interjeição *RAA*, com que os nossos comboideiros e tangedores fazem deter e movimentar-se a fila de alimárias nas estradas de tráfico, é a mesma que ocorre na voz dos cameleiros em toda a orla marítima d'África do Mediterrâneo, e pelo mundo árabe da Ásia.

Não está dicionarizado o popularíssimo *RALÁ* ou *ALÁ*, de desprezo, abandono, conformação. Não valendo absolutamente o *vá lá*, mas constituindo positiva invocação divina, *ALÁ*, "boto para Deus", "entrego a Deus", "faça-se a vontade de Deus!", é inseparável do vocabulário tradicional e dou meu testemuho do seu emprego contemporâneo e normal. Denuncia-se pela guturalização do *R*.

Tenho na mais alta importância psicológica essas interjeições e formas comuns de sublimação verbal, significando processos irreprimíveis de exteriorização temperamental, depoimentos autênticos do consuetudinarismo social, imemoriais e genuínos.

No gesto normal de chamar alguém, o europeu movimenta os dedos para baixo, a mão em pronação. O mouro mexe os dedos para cima, a mão em supinação. Este é o aceno do povo. O primeiro, em pessoas de sociedade.

É tradicional a imprecisão, forma vaga, com que os habitantes no interior do Brasil informam aos viajantes o espaço a percorrer: – *É ALI!*... indicam, estendendo o lábio e erguendo o queixo, nas famosas *léguas de beiço*, intermináveis. René Basset recorda, na Argélia e Marrocos, a mesma indeterminação alusiva às distâncias futuras. Os mouros, invariavelmente, respondiam: – *Ba'id chouia*, "é perto", embora distasse muitos quilômetros.

Beijar a própria mão, como homenagem ao interlocutor ou carinhosa saudação ao distante, é gesto ainda comum no cerimonial popular brasileiro. Continua encontradiço e vivo, da Mauritânia ao Egito, notadamente em Marrocos e Argélia, e mesmo entre os árabes da Ásia, fonte da cortesia. Em setembro de 1618, o Doutor Melchior de Bragança, judeu marroquino, dizia, na cidade do Salvador, de sua vulgaridade pela Berberia. Em maio de 1823, a escritora inglesa Maria Graham, visitando os escravos negros expostos no mercado do Valongo no Rio de Janeiro, recordava: – "Fiz um esforço para lhes sorrir com alegria e *beijei minha mão para eles*; com tudo isso pareceram eles encantados" (*Diário de uma Viagem ao Brasil*, 254, São Paulo, 1956). Rui da Câmara descreve um duelo sem armas entre populares numa rua de Larache em Marrocos: – "Bem surrados e bem cheios de sangue um e outro, o *heraldo* interpôs-se entre os combatentes. Estes deram a mão e *cada um beijou a sua*".

Outra evocação de uma aula pública de esgrima:

Os cortes e as paradas sucedem-se com uma rapidez e uma seguridade pasmosa. O que foi tocado dá sinal, saúda o seu adversário e dá a volta ao círculo saudando os espectadores, e torna a principiar um novo assalto. Ao findar a lição, passam a cana à mão esquerda, dão a direito, *beija cada um a sua*, e pondo as canas no chão, deixam o lugar aos outros e vão sentar-se entre os espectadores que os cumprimentam ao passar... As salas d'esgrima, ainda as mais sérias, teriam alguma coisa que aprender ali. O espírito dos cavaleiros omíadas tem-se conservado vivo nove séculos!, Rui da Câmara escrevia em 1870.

Uma pequenina série diferencial:

O europeu mostra o seu respeito tirando o chapéu, beijando a mão alheia e passando por detrás; o mouro tirando as *babuchas* ou chinelas, *beijando a própria mão* e passando por diante.

Ainda um traço dos berberes:

O traço mais profundamente característico desta raça é o seguinte: o dever sagrado de vingar a morte por assassinato de qualquer membro da família; daqui resulta um duelo eterno e sucessivo.

As inimizades entre famílias nordestinas, durante séculos, numa continuidade de vinditas mortais, sangue por sangue, sertões da Bahia, Pernambuco, Paraíba, Ceará, atestam a herança moura da vingança implacável, acima de qualquer imagem material de indenização compensadora, o preço do sangue, dos germânicos.

No sertão velho as visitas de passagem ou de negócios rápidos eram recebidas no alpendre, nas latadas, fora do corpo da casa. É no lado exterior da residência moura, num banco de pedra à sombra de trepadeiras, a recepção comum pela África Setentrional, entre homens fiéis aos costumes seculares. Mandar entrar, sentar-se são denúncias de usos ocidentais.

Em assunto de saudação, apenas entre árabes e mouros encontro o gesto de acenar com todo o braço direito, ou ambos, nas despedidas. Na Europa e pela América portuguesa, espanhola, inglesa, agitam a mão ou as mãos, nos momentos efusivos.

Os cônjuges dormirem em camas separadas é costume mouro.

Dizem em Portugal: – "Hóspede e pescada aos três dias enfada". E no Brasil: – "Hóspede de três dias dá azia". É preceito mouro, impondo limite ao *Ed-diaf Al-lah*, hóspede de Deus. Ensina Ibn Khaldun: – *Vós sabeis que a hospitalidade deve ser dada por três dias*.

Entortar a boca, lábios de través, *boca de solha*, é o gesto de desdém e pouco caso dos mouros, já assinalado no *Alcorão*, surata 21, v-17. E nosso também.

O ideal serviço de banquete coletivo, quatro convivas em cada mesa, diz Ibn Khaldun que os árabes trouxeram da Pérsia.

Morder os dedos em sinal de cólera, desacordo, protesto, está registado no *Alcorão*, Suratas 3, v-115; 14, v-10; 31, v-17. Jamais deparei noutra fonte. Tão popular no Brasil.

As selas do serviço das fazendas de gado, em todo o território brasileiro, eram fiéis ao modelo mouro, grandes e pesadas, com arções dianteiros e traseiros elevados e semicirculares, destinados a reforçar o equilíbrio do cavaleiro. John Mawe, viajando por Minas Gerais (1809), e Henry Koster pelo Nordeste, de Pernambuco ao Ceará (1810), despertavam intensa curiosidade utilizando os selins ingleses, pequenos e leves, que ainda não conseguiram fazer desaparecer as prestigiosas *selas de campo*, visivelmente berberes, nos domínios da pastorícia. Diminuíram no comprimento, do Rio Grande do Sul ao Piauí, mas denunciam o molde mourisco que espanhóis e portugueses vulgarizaram no Novo Mundo.

Os velhos sertanejos jamais aparavam as crinas e cauda de suas montadas, preferindo as cilhas pouco apertadas. Herança positivamente moura. Os europeus faziam exatamente o contrário.

Na *Ilustre Casa de Ramires* (1897), Eça de Queirós descreve a entrada do Fidalgo e do Governador Civil em Oliveira, "ambos de chapéus de palha, ambos de polainas altas, ao passo solene das duas éguas – a de Gonçalo airosa e baia, de cauda curta à inglesa, a do Cavaleiro pesada e preta, de pescoço arqueado, a cauda farta rojando as lajes". Esta última era uma permanência da elegância equestre moura.

Conduzir o alforje no arção dianteiro da sela é modo mouro. O europeu amarra-o habitualmente à garupa.

Muitos desses motivos capitulados *mouros* reaparecem no Brasil através do israelita, filho de Jacó (Israel), neto de Abraão, pai de Ismael, patriarca dos árabes. Sei muito bem tratar-se de lenda e jamais acreditei nem vi provas científicas do parentesco árabe-judaico, sob a égide convencional, meramente linguística, dos "semitas". De histórico existem os contatos remotos pela vizinhança, alianças e guerras intermitentes, e a fusão administrativa sob o domínio de Roma Imperial. Não sei dizer desde quando os judeus estabeleceram-se em terras árabes, impondo presença econômica e figurando no desenvolvimento cultural. Lugar-comum é a tradição bíblica, mais ou menos confusa, nas pregações de Maomé e exposta no *Alcorão*.

Surpreendente é a tradição do judeu no extremo africano do Mediterrâneo, visível nos vestígios toponímicos, como *HADJR SOLEIMAN*, "pedra de Salomão", nos confins fronteiriços da Argélia–Marrocos, e mesmo a obstinada versão oral de que Joab, general do Rei Davi, perseguindo os filisteus (antepassados dos berberes, segundo Ibn Khaldun), fora parar em Marrocos, deixando uma estela comprovadora em Djebel Ben Sliman, durando séculos, informa Gattafossé, com bom suporte bibliográfico. E muitos guerreiros ficaram, casando com nativas, há cerca de três mil anos, residindo n'África Setentrional. E vivem, *history and story*, reminiscências de uma das dez tribos, exiladas quando Salmanassar IV, rei da Assíria, destruiu o reino de Israel (século VIII a.C.), havendo-se fixado na terra marroquina, tomando o nome de *EFRATINS*, do seu primeiro soberano, Abraão, o Efraímita, da tribo de Efraim, e nunca mais regressando à região natal.

E ainda recordam a aliança do Rei Salomão com Hirão, rei de Tiro, negociando com Ofir e Tarsis, esta arrasada pelos cartagineses no século VI a.C. Maghreb e Ibéria (Argélia–Marrocos e Espanha) foram sedes de comércio exportador para o Oriente Médio Próximo. Numerosa a presença israelita nessa oportunidade econômica.

Renan, no momento de *avoir ses heures*, nunca suspeitou de a hora popular francesa possuir minutos muçulmanos. Serenamente decidiu:
– *L'Árabe, du moins, et dans un sens plus général le musulman, sont aujourd'hui plus éloignes de nous qu'ils ne l'ont jamais été.* Era justamente o que se dizia em França, naquele fevereiro de 1862: – *Chercher midi à quatorze heures.*

Os árabes, mais precisamente os mouros-berberes, passaram os Pireneus em 719 e Charles Martel deteve a preamar de Abd el-Rahman em Poitiers (732) quando havia posse da terça parte do território francês, e o Duque Eudes da Aquitânia era sogro do mouro Otman. Os vales do Rhôme, até Lyon, do Garonne, seriam quase mouraria, quando a algara invadiu o Loire. Até o segundo terço do século VIII, estabeleceram-se na Septimânia, no domínio de Narbonne, Agde, Carcassone, Maguelonne (ninho da *PRINCESA MAGALONA*, tão vulgar, outrora, no Brasil), Elme, Nimes, Uzés. Governavam, cunhavam moedas, plantavam famílias. Mesmo depois da vitória de Pepino, o Breve (759), os mouros continuavam relacionados pelo Golfo de Lyon e Provença, traficando, assaltando, convivendo, com suas moedas em uso corrente. Os velhos "romances" franceses conservam esses pormenores românticos, princesas raptadas pelos sarracenos, valentias de paladinos libertadores, toponímia, enfim a inclusão mourisca na literatura oral, superstições, terapêutica, encantos, assombrações. Quando, 1609-1610, Filipe III expulsou os mouros de Espanha, notável percentagem refugiou-se no Sul da França, reforçando o fermento influenciador.

Até o século XVIII os corsários barbarescos (Marrocos, Argélia, Tunísia), na inquieta violência depredarora, *écumaient la Méditeranée*, como evoca Ragelsperger, e seus prisioneiros resgatados foram divulgadores inesgotáveis das façanhas atrevidas e dos costumes estranhos reavivando o respectivo folclore, numa incessante circulação.

Mestre Renan, preocupado com análise dos altos cimos culturais, bem parcimoniosamente percebeu o movimento das planícies, palpitantes no anonimato da vida coletiva, alheia aos interesses especulativos do Institut des Inscriptions et Belles Lettres ou da Académie Française. Ainda em 1948, Henri Dontenville observava: – *On va au loin et l'on délaisse ce qui est proche*. A Sorbonne, com cem cátedras e trinta institutos, *elle se tait sur ce qui a été l'âme de notre patrie*. Não é de admirar que Renan, voltando da Fenícia, ignorasse em 1862 a presença moura na França do Mediterrâneo, mas soubesse maravilhosamente Maçudi, Ibn Batuta, Averróis e *la part des peuples sémitiques dans l'histoire de la Civilisation*.

Escrevia, em 1897, Rui da Câmara (*Viagens a Marrocos*, Porto, 1879):

> É opinião corrente entre os mouros que, morto um sultão e em quanto o seu sucessor não é aclamado e reconhecido em Fez, não existe governo legal, e por tanto não há tribunais de Justiça, nem autoridade de nenhum gênero. Seguindo este princípio, ninguém tem o menor escrúpulo de apoderar-se dos bens do próximo.

Essa tradição transmitiu-se a toda a África negra, na brutalidade da cupidez violenta. Teria sido reminiscência da vida romana, cujos contatos, na orla do Mediterrâneo, foram milenares. Em Roma saqueavam o palácio quando falecia o imperador, e o mesmo sucedia às residências pontifícias. *Bem de defentuo não tem dono... Inventário de morto quem faz são os vivos*, diz o povo. O Papa João IX, no Concílio de Ravena, em 989, impôs a excomunhão a quem praticasse o malfadado hábito secular. Convergiu para a Península Ibérica, para a Semana Santa, da Quinta-feira Maior ao Domingo da Ressurreição. Em Portugal mantém-se a norma que ainda vive no Brasil: "Dia da Malvadeza" em São Paulo, o inevitável furto de galináceos e frutas na noite do Sábado da Aleluia no Nordeste (*Dicionário do Folclore Brasileiro*, I, 278, II, 449, Rio de Janeiro, 1962).[5] Conhecida tradição em toda a América. Na Bolívia diz-se *KJESPICHE*, praticando-se no *Viernes Santo*. A escravaria sudanesa no Brasil era irresistivelmente atraída para o saque dissimulado quando morria o *senhor*. Notadamente a deformação muçulmana, com algu-

---

5 Edição atual – 12. ed. São Paulo: Global, 2012. (N.E.)

ma percentagem de sangue mouro nas veias, fiel ao costume, independente da Quaresma, e que alcançara o poente continental, pelo Sudão. Notório esse instinto de assalto popular nas comoções sociais, grandes incêndios, terremotos, revoluções. Não havendo autoridade repressora, não haverá direito de posse privada anterior à simples apreensão.

Não vamos esquecer que açúcar, arroz, azeite, azeitonas são vocabulários árabes, comprovadores do impulso a esses elementos indispensáveis na alimentação universal. Devemo-lhes a fidelidade ao trigo, antes que o americano *ZEA MAYZ* interrompesse o monopólio preferencial, a partir do século XVI. Hoje a geografia do Milho é tão imponente quanto o império do Arroz. O trigo sempre foi quantitativamente inferior ao arroz em utilização nutritiva.

O pão de trigo, tão caracteristicamente romano, foi uma imposição portuguesa ao paladar indígena, onde ainda não se divulgou total, como indispensabilidade alimentar. Uma superstição referente ao pão é corrente em Portugal e veio parar ao Brasil, embora com menor prestígio. Se o pão cai ao chão, beija-se antes de o apanhar. Antônio Caetano do Amaral (*Memórias da Literatura Portuguesa*, VII, ed. da Academia Real das Ciências, Lisboa; o autor era cônego da Sé de Évora) informava da origem árabe, *os quaes, ainda hoje, vendo no chão qualquer migalha de pão, ou grão de trigo, o levantão e beijão*. No Brasil não há o respeituoso ósculo mas permanece o cuidado de levantá-lo do solo porque é sagrado, numa possível indução católica da Eucaristia.

Outra influência moura é a cautelosa invocação divina no princípio ou no final dos supersticiosos ensalmos, condenados e perseguidos mas teimosos portadores da confiança vulgar. São numerosos os *PELO PODER DE DEUS... PELA GRAÇA DE DEUS... DEUS ME ENSINOU O QUE EU NÃO SABIA... DEUS QUE TUDO SABE... DEUS QUE É MESTRE... SABE DEUS... A DEUS QUERER... QUERENDO DEUS...* formulário estridentemente muçulmano e de fácil encontro por todo o *Alcorão: Deus é grande. Allah akhar!...*

Com ouvidos competentes e documentação idônea verificar-se-á um dia a percentagem sensível da música oriental, notadamente moura, na música popular brasileira. Não é mais fácil a pesquisa porque a *música em conserva,* como dizia Georges Duhamel, e os rádios, sacudiram raízes e frondes tradicionais, mudando rumos às soluções melodiosas e à técnica, invariáveis dos "finais" das "modinhas" em arrastados e plangentes *smorzandos* inesquecíveis na memória auditiva dos coevos. Falo da música cantada no interior dos sertões nordestinos ainda nos dois primeiros lustros do século XX e não nas capitais, ouvindo "revistas teatrais" e sobretudo os gramofones da Casa Édison, Rua do Ouvidor, 105, Rio de Janeiro.

Quem ouviu as melopeias mouras nos mercados da África Setentrional recorda a impressão do indefinível, do indeciso, do inacabável naquelas lamúrias que terminavam quando julgávamos continuar e continuavam nos momentos de indiscutível finalização. E a voz aguda, seca, vertical, o *guincho* nos agudos e o *ronco* nos baixos, emitidos na imperturbável nasalação comum. A disposição do desenho musical sugeria arabescos, intermináveis no sucessivo encadeamento, de efeito surpreendente mas para nós de uma monotonia acabrunhante e nostálgica, como a paisagem austera e desolada do deserto circunvizinho. Semelhantemente ocorre entre os pretos africanos nas áreas de influência maometana. Heli Chatelain afirmava a dificuldade, em Angola, de um estrangeiro deduzir se o negro canta ou lamenta-se: – *For the foreigner it is something very hard to tell whether a native is whining or singing.*

Essas "constantes" eram indispensáveis no velho canto sertanejo de outrora: a entonação intencionalmente lastimosa, a modulação lenta, "molenga" e doce que fazia suspeitar quarto de tom, os finais em *rallentandos* intermináveis, o timbre nasal, infalível, natural, perfeitamente compreensível. Todo cantador era fanhoso. Recordo meu primo Políbio Fernandes Pimenta, excelente cantor sertanejo, vindo para Natal prestar o serviço militar, nosso hóspede: exigiu meses para adaptar-se ao diapasão normal. Era um oriental, afeito às neumas, livres de compassos maquinais, com o *ad libitum* de elevar a voz quando o motivo o empolgava ou recorrer a um surdo declamado, querendo salientar a emoção enamorada.

Não é possível conhecer-se o verdadeiro canto sertanejo pela simples leitura da solfa. Solfa escrita seria raridade e muitas centenas eram composições locais, transmitidas pela memória sereneira. Não é moura a inspiração musical, mas a maneira de cantar.

Outro aspecto dessa música, praticamente apagada e com fundamentos mouros ainda funcionais, era a ausência do contracanto. As "modinhas" entoadas com o recurso da "segunda voz" figuravam como ensinadas por gente de fora, moças que haviam estudado nas cidades do litoral, rapazes ex-colegiais em Natal, caixeiros-viajantes, grandes semeadores das "novidades".

Tradicional era o uníssono. Havia um leve e fortuito contracanto, denominado *resposta*, feito pelos instrumentos acompanhantes nas seranatas de primeira categoria ou festinhas familiares mais caprichadas. Além do violão, flauta e depois o clarinete. Naturalmente os violões foram os primeiros a *responder*, pelos bordões. Comumente o acompanhamento repetia o motivo melódico no interlúdio, isto é, quando o cantor estava calado. Não é o processo imutável dos *medahs*, cantores ambulantes, do Marrocos ao Egito? e os sírios e libaneses?

Georges de Gironcourt lembra que poderá desaparecer uma técnica musical na região de origem e permanecer viva numa longínqua área influenciada. Formas mortas na Núbia continuaram vivendo na Tunísia ou no Iraque, difundidas pelo Egito, onde o modelo não mais existia.

Pelo Nordeste brasileiro, as zonas marítimas ou as do *hinterland* atravessado pelos rios de curso permanente, ponteiros das culturas, diversificaram-se, recebendo influência renovada e sucessiva e daí a variedade dos gêneros cantados e dançados pelo povo, como observou em sua jornada de pesquisa o Prof. Oswaldo de Sousa (1949), pelo São Francisco e alguns afluentes, Corrente e Rio Grande, registando mais de quinhentos tipos diferentes de melodias e ritmos.

Nos sertões propriamente ditos, de raras e difíceis comunicações com a orla do Atlântico, onde milhões de habitantes viveram e morreram sem ver o mar e sem movimentos de renovação temática, o processo de entoar, os timbres, a visão dos compassos, a impostação vocal, resistiram séculos, até que as rodovias, de 1915 em diante, iniciassem o final do isolamento, despejando, tumultuosa e inopinadamente, as sugestões modificadoras de feição irresistível.

Ainda outras "constantes".

O mouro valorizara no espírito popular a violência mágica da *PRAGA*. O português trouxera-a e tê-la-ia recebido de Roma, a força misteriosa e temível da *IMPRECATIO*, votos às Fúrias, Erínias, aos deuses negros da Terra, da Morte e do Destino, súplica desesperada para a imediata aplicação da justiça total. Tiveram-na todos os povos históricos, acentuadamente os orientais, egípcios, chineses, persas, assírios, israelitas, os caldeus, cujas execrações assombrosas lemos em Zimmern, Jastrow, Dhorme, Lenormant. Não conheço entre os indígenas, e os pretos africanos aprenderiam com os mouros, árabes, egípcios, judeus, etíopes. As mais truculentas partem dos muçulmanizados.

É a grande arma, instintiva e natural, do mouro sem defesa.

Dizemos *ROGAR PRAGAS* porque serão inoperantes sem a divina intervenção. Requer-se a penalidade. Quem exerce a função executiva é Deus. Imprecação é o *imprecare*, pedir, requerer, orar. A *praga* significa o golpe, pancada, contusão, chaga, *plagae*. A potência maravilhosa do "nome", *nomem, numen*, fará o milagre da transmissão maldita (*Anúbis e Outros Ensaios*, XV, Rio de Janeiro, 1951).[6] A praga, na extensão semântica, transmuda-se em quantidade, abundância, multidão: praga de formigas, gente como praga. As "pragas do Egito" não foram unidades.

A *praga rogada*, irrogada, atravessa a distância e persegue o alvejado como uma sombra, na teimosia do cão de caça. Os Bambaras, mandingas do Níger, têm uma maldição denominada *kortis*, agindo como uma pedrada, como um tiro de funda. Os mouros, pela Argélia e Marrocos, desmoronavam castelos e derretiam pedras no impacto fulgurante das imprecações.

As nossas "pragas ao meio-dia"! Às "Trindades"! Nas "horas abertas"! Infalíveis. Implacáveis. Fulminantes.

>Praga do meio-dia
>Esquenta água fria!

Como vocativos familiares na conversa íntima é tradicional chamarmos o interlocutor HOMEM DE DEUS ou CRIATURA DE DEUS, e ainda FILHO DE DEUS. Considero as duas primeiras fórmulas realmente muçulmanas, relativas ao espírito associativo da fraternidade sobrenatural. No árabe de Marrocos é comum a exclamativa *Aquilí* – Homem de Deus!

A terceira é diametralmente oposta à teologia do Islã. Para os maometanos, Alá não pode ter filhos. Surata 112, verseto 3, na versão do Prof. Édouard Montet: – *Il n'a pas engendré et n'a pas été engendré*. Pode criar mas não procriar. Não gera porque não foi gerado. Era também a expressão suprema do monoteísmo judaico. Não se concebia a descendência de Iavé. Uma verdadeira revolução em matéria teológica asiática foi Jesus Cristo ser "filho de Deus". Determinou a primeira dissidência cristã, com o cisma dos ebionitas. Nenhum muçulmano compreendeu a sutileza casuística da "Trindade", ainda *mistério* para a inteligência católica.

Quem se assenta no chão, apoiando a cabeça nos joelhos, dizia-se no sertão velho estar *chamando os anjos*. Posição formalmente proibida às crianças e mesmo repudiada aos adultos. Faz mal. É a posição TARFIQ, na qual os sufis, notadamente os *abdals*, místicos do islamismo, concentram-se para receber as emanações da divina sabedoria. É a atitude de suprema resignação e abandono da vontade pessoal. Assim os prisioneiros aguardavam a decisão do faraó, segundo Maspero.

---

6 Edição atual – "*Superstição no Brasil*". 5. ed. São Paulo: Global, 2002. (N.E.)

A maior humilhação para um homem, índice de rebaixamento e desprezo moral, é *apanhar de chinela*, castigo infantil. A babucha levantina, sandália caseira, representa esse papel aviltante. É suficiente descalçar-se e atirar a babucha contra o antagonista, para que o símbolo desonrante tenha sua efetuação dolorosa no mundo oriental.

A preta Nicácia, octogenária, antiga cozinheira de meus pais em Natal, e a lavadeira Chica Barrosa, de Augusto Severo (RN), agradeciam os presentes recebidos com a locução invariável: – *Deus aumente suas coisas!* Coisas valendo bens, posses, recursos, patrimônio. *Allah embarque fike,* em marroquino. *Que Dieu augmente ton bien,* é o que se ouve por Marrocos, Argélia, Tunísia.

Nenhum mouro recusa esmola pedida durante sua refeição. É um atroz pecado de orgulho e talvez o mendigo seja o próprio Deus, provando a caridade do devoto. É também regra, preceito, obrigação de fé, por todo o sertão brasileiro. Não se deve deixar faminto quem nos vê comer. Há muitos exemplos de punição celestial.

Um chefe político pernambucano, Chico Heráclio, de Limoeiro, a quem o Presidente da República, Juscelino Kubitschek de Oliveira, fazia oferecimentos, respondeu: – "Não quero nada. Só quero lhe ver assim, *cuspindo de cima*" (Marcos Vinicius Vilaça, Roberto G. de Albuquerque, *Coronel, Coronéis*, 142, Rio de Janeiro, 1965). Imagem fascinante e rude de domínio total, autenticamente moura; *ANA TE TFU,* no dialeto marroquino.

Não há expressão mais vulgar e legítima da onipotência divina que o *SÓ DEUS SABE* ou *SABE DEUS*, de uso tão velho em todos os recantos do Brasil. É a versão portuguesa do *ALLAH Á ALAM,* ritual no preceito corâmico.

Last but not the least... Dezoito ou vinte vezes no *Alcorão,* Maomé refere-se às sublimidades materiais do Paraíso islâmico. Os elementos mais constantes, além das "esposas puras", são os regatos d'águas cristalinas e frescas e as sombras espessas e abrigadoras.

Nous les ferons entrer dans les jardins, sous lesquels courent des ruisseaux. Nous les ferons entrer sous des ombrages épais (Surata IV, v-60). O Prof. Édouard Montet, anotando, informa: – *Litt: DES OMBRAGES OMBREUX. Ce verset résume la description classique du Paradis dans le CORAN.*

Na Surata LV, vs. 48, 50: *Ces jardins seront ornés des bosquets... Dans chacun d'eux il aura des sources d'eau courante.*

Na Surata LVI, vs. 29-30: – *Et des ombrages étendus... Et auprés des eaux courantes.*

Qual é, para o brasileiro *qualunque,* típico, a imagem popular, nacional e comum, da bem-aventurança, tranquilidade, ventura total, ambição lógica de todo ser vivente? *SOMBRA E ÁGUA FRESCA!...*

Esses elementos, agora reunidos em sensível ramalhete etnográfico, tiveram o português por condutor incessante na divulgação funcional. No passar do tempo poderia algum uso esmaecer ou sumir-se em Portugal, mantendo-se colorido e vivo no Brasil. Tem acontecido no terreno linguístico mas não me cabe a recordação.

A originalidade desta pesquisa consiste na contemporaneidade da verificação, identificando a presença radicular de matizes constantes na flora brasileira e que nasceram de raízes da África Setentrional, conservando, na vivência americana, a legitimidade das origens milenárias.

Essa aculturação, ou *transculturação* como propõe Fernando Ortiz, aprovado por Bronislaw Malinowski, significou uma transformação atmosférica, mudança de pressão cósmica, psicológica, de extensão integral, alcançando todas as manifestações da vida social costumeira, abalos provocados pela máquina, eletricidade, novas culturas agrícolas, determinando outros modos de plantio e colheitas pelas dimensões do terreno utilizado. Outros padrões de ajustamento econômico. Romperam-se os diques e as águas da contemporaneidade mergulharam no passado as sobrevivências dos séculos XVII, XVIII e XIX, até então atualidades usuais.

Ficaram resistindo os fundamentos da mentalidade ambiental, a sensibilidade da população, como certas ilhas oceânicas são sobrevivências de continentes submersos. Como os rochedos de S. Pedro e S. Paulo são testemunhos da Atlântida.

Positivo e real é que o mouro é uma "permanente" na etnografia brasileira.

2
Roland no Brasil

> "Roland envahit toutes les races et tous les pays. Sa renommée a le don de ubiquité."
>
> Paul de Saint-Victor

1942. Mercado público de Currais Novos, Rio Grande do Norte. Um cego esmola cantando. É negro, alto, magro, cabeça alongada, olhos brancos, voz seca, arrastada, monótona. Junto, imóvel, silenciosa, espectral, a face e ombros envolvidos num lençol encardido, lembrando um albornoz, pernas cruzadas como uma cariátide oriental, está a mulher dizendo, imperceptível, o valor das moedas e o tipo do doador para a breve menção elogiosa no agradecimento, improvisado e rítmico.

Dá-me "as graças" em várias sextilhas. A primeira fica na lembrança.

> Deus lhe pague sua esmola
> Que me deu de coração,
> Lhe dê cavalo de sela,
> Inverno neste sertão,
> E lhe dê uma coragem
> Como Ele deu a Roldão!

Que mais poderia desejar uma criatura no plano de ventura integral?

Atravessar os caminhos respirando o perfume da terra molhada, na fecundidade das safras generosas. Montar um cavalo famoso, consagrador da masculinidade, animal nobre, aristocrático, complementar à fidalguia do dono, *when men were men and rode on horses*, quando os homens eram homens e montavam cavalos. E sentir no peito a valentia resplandecente que Nosso Senhor concedeu ao sobrinho do Imperador Carlos Magno, Par de França, caído em Roncesvales, há 1183 anos, tão natural e presente na memória do cego analfabeto de Currais Novos...

Para a evocação da coragem, a figura única, justa, lógica, insubstituível, era a de Roldão, um contemporâneo, vencedor da morte e do tempo.

Roland, o brasileiro e português Roldão, não está no conto popular, na história tradicional. É infalível na cantoria, nos versos de desafio, na batalha poética, constituindo um recurso prestante no confronto do supremo destemor. Onze séculos não o afastaram da citação sertaneja no Nordeste do Brasil, como no Brasil do centro e do sul.

Inarredável como um acidente geográfico.

Na feira do Alecrim, Natal, em fevereiro de 1961, um cantador anônimo fazia o autoelogio comum:

> No "repente" sou Inácio,
> Na ciência, Salomão,
> No improviso, Nogueira,
> Pra cantar, Preto Limão,
> Na fortaleza, Romano,
> E na coragem, Roldão!

Revivia a característica dos velhos cantadores inesquecíveis, Inácio da Catingueira, Bernardo Nogueira, Francisco Pedro Limão, Francisco Romano ou "Romano do Teixeira". A sabedoria sintetiza-se no Rei Salomão. A intrepidez teria um nome, nome de Roldão, cuja morte em 15 de agosto de 778 nunca diminuiu o fulgor da intervenção heroica.

Numa peleja de Francisco Sales com Manuel Ferreira (opúsculo de Francisco Sales Areda) reaparece o paladino:

> Você em termo polido
> Pode até ser um Platão,
> E na coragem Oliveiros
> Contra o gigante pagão.
> Mas agora encontra um braço
> Como o pulso de Roldão!

Durandal, a espada de Roldão, diz-se no Brasil *durindana*, o nome popular da espada dos militares.

Oliveiros é o companheiro fiel do herói. Dificilmente surgem isolados. Essa união é secular e documentos franceses do século XI mencionam irmãos com os nomes de *Roland* e *Olivier*. Há muito brasileiro Roldão e Oliveiros.

Em dezembro de 1949 o leiloeiro Nival Câmara apregoava em Natal dois botes, "Roldão" e "Oliveiros". Em janeiro de 1952, assisti a uma cavalhada, corrida de argolinha, em Bebedouro, arredores de Maceió, Alagoas, festa tradicional. As duas alas de cavaleiros são dirigidas pelos clássicos mantedores, ditos lá "maquinadores", abrindo garbosamente as filas. A da direita, Partido Encarnado, é chefiada por Roldão. A da esquerda, Partido Azul, por Oliveiros.

O falso "monge José Maria" (Miguel Lucena de Boaventura), que convulsionou as fronteiras do Paraná e Santa Catarina, 1912-1914, batizara a sua escolha pessoal, dos mais valentes companheiros, "os doze pares de França", embora fossem vinte e quatro. O subchefe era Roldão, o sem-temor.

No Município de Morada Nova, no Ceará, há um distrito *Roldão*.

Num desafio que o meu primo Políbio Fernandes Pimenta recitava, havia o encontro das imagens sucessivas:

> Agarro onça na furna,
> Posso pear um leão;
> Espalho fogo com os pés
> E pego um raio com a mão;
> Tenho força do oceano
> E coragem de Roldão.

> A onça estava dormente,
> Estava morto o leão;
> O fogo estava apagado,
> O raio era foguetão,
> O oceano estava seco,
> Estava longe Roldão!

Roldão foi o único a ser mantido na virtude alegada. Não se podia pôr em dúvida a coragem de Roldão.

Mas, curiosamente, essa fama ilustre que se tornou tradição popular do Brasil não teve fonte oral e sim origem impressa, perfeitamente identificável. Não a recebemos de Portugal em versos ou cantos, em prosa memorizada. Nem mesmo em Portugal e Espanha a ouvi mencionada. Os versos registados por Leonardo Mota no Ceará e a função belicosa dos doze pares no território "contestado" de Paraná-Santa Catarina, no Sul do Brasil, denunciam a procedência letrada e culta.

É a *História do Imperador Carlos Magno e dos Doze Pares de França*, nas edições de Lisboa, 1723, 1728, 1789, tradução de Jerônimo Moreira de Carvalho, físico-mor de Algarve, e que representam recapitulações e edições dos vários livros sucessivos, antes da forma definitiva que alcançou nos princípios do século XIX. Já em 1820 editava-se na Bahia, *in-octavo*, nas três partes, e as reimpressões portuguesas e brasileiras foram determinantes informadoras dessa "cantoria" sertaneja ainda em nossos dias.

Creio ter esclarecido o problema bibliográfico em *Cinco Livros do Povo*, 441-449, ed. José Olympio, Rio de Janeiro, 1953.[1]

A velocidade inicial portuguesa é a *História del Emperador Carlomagno y de los Doce Pares de Francia:* e de la cruda batalla que hubo Oliveiras com Fierabrás, Rey de Alexandria, hijo del grande Almirante Balan, ed. de Jacob Cromberger, alemão, Sevilha, em 25 de abril de 1525, com possíveis impressões anteriores. Era uma tradução do francês por um Nicolas de Piamonte, aproveitando edição popular de *Fierabrás* de 1478. A história francesa, constando de acréscimos, resumos, modificações de vários episódios, era conhecida desde o século XIII, havendo versão provençal, e tudo começara por uma canção de gesta nos finais do século XII.

Menendez y Pelayo acreditava que o *Speculum Historiale* de Vicente de Beauvois, o poema francês do *Fierabrás*, é *acaso un compendio de la CRONICA DE TURPIN, con las fuentes de este librejo apodado por nuestros rústicos CARLOMAGNO (Orígenes de la Novela)*. A citação do *Speculum Historiale* é do tradutor Nicolas de Piamonte; mesmo em espanhol foi o *Carlos Magno* editado em Lisboa, Domingos Fonseca, 1615.

A tradução portuguesa de Jerônimo Moreira de Carvalho acelerou o ritmo circulatório. A edição de 1737 (Lisboa) é uma ampliação, aproveitando Moreira de Carvalho trechos de Boiardo (*Orlando Innamorato*, 1495) e de Ariosto (*Orlando Furioso*, 1532) com as passagens mais tumultuosas e cativantes do gosto popular.

O protonotário apostólico Alexandre Caetano Gomes Flaviense traduziu e fez crescer a crônica castelhana de *Bernardo del Carpio*, personagem espetacular e fabuloso que derrotara em Roncesvales os Doze Pares. Publicou-a em Lisboa, 1745: *Verdadeira terceira parte da história de Carlos Magno, em que se escrevem as gloriosas ações e vitórias de Bernardo del Carpio. E de como venceu em batalha os Doze Pares de França, com algumas particularidades dos Príncipes de Hispânia, seus povoadores e reis primeiros*, parte final que foi sendo esquecida nas reimpressões subsequentes, por desinteressante ao leitor plebeu. O editor Simão Tadeu Ferreira reuniu esta terceira parte do volume de Jerônimo Moreira de

---

1 Edição atual – 3. ed. João Pessoa: Editora Universitária UFPB, 1994. (N.E.)

Carvalho em fins do século XVIII. Com essa feição o volume chegou ao século XX, com algumas supressões e digressões ao sabor vulgar setecentista, encantando ou adormecendo os leitores da centúria posterior.

Daí nasceu a *Vida do Façanhoso Roldão*, Lisboa, 1790, com 211 quadrinhas. E há em Senhora das Neves, concelho de Viana do Castelo, o *Auto de Floripes* (Cláudio Basto, *Silva Etnográfica*, Porto, 1939), onde o "Partido Cristão" é chefiado por Carlos Magno e o "Partido Turco" pelo Almirante Balão, e seu filho Ferrabrás que é vencido por Oliveiros. A Princesa Floripes, filha do Almirante Balão, apaixona-se pelo cavaleiro Guido de Borgonha, com quem termina casando. É assunto do livro II, Parte I do *Carlos Magno* de Moreira de Carvalho. Era o motivo emocional da canção de gesta francesa do século XII, *Fierabrás*, pertencente a uma outra anterior e perdida, *La Destruction de Roma*. O *Fierabrás* resistiu nas reimpressões da Bibliothèque Bleue em França, distante e lógico provocador do *Carlos Magno* na Espanha e Portugal, o primeiro desde o século XVI e o segundo no XVIII. No Brasil o *Carlos Magno* foi motivo de inspiração popular em muitos episódios que apareceram versificados, cantados, constituindo folhetos de ampla divulgação, como a *Batalha de Ferrabrás*, *A Prisão de Oliveiros*, *A Morte dos Doze Pares*, pelos poetas populares Leandro Gomes de Barros, João Martins de Ataíde, José Bernardo da Silva, Marcos Sampaio, editados na Paraíba, Pernambuco e Ceará, com infalível mercado consumidor entre o povo e perfeita ignorância dos letrados.

Na Páscoa de 1819 o naturalista João Emanuel Pohl assistiu, na cidade de Goiás, antiga Vila Boa, à representação, ao ar livre, de *uma comédia de CARLOS MAGNO, na qual as personagens femininas são representadas por homens. O traje é efetivamente custoso, em geral veludo, guarnecido de ouro puro.* Foi repetida em dias sucessivos (*Viagem no Interior do Brasil*, I, 332. Trad. de Teodoro Cabral, Instituto Nacional do Livro, Rio de Janeiro, 1951). Saint-Hilaire, no mesmo 1819, refere-se ao assunto: – *O torneio representa, quase sempre, alguma história do velho romance de* Carlos Magno e dos Doze Pares de França, *que é ainda muito apreciada pelos brasileiros do interior* (*Viagem às Nascentes do Rio São Francisco e pela Província de Goiás*, 2º, 198, Brasiliana-78, São Paulo, 1937).

O cartapácio em prosa é reeditado no Rio de Janeiro e em São Paulo, como continua sendo em Lisboa e Porto. Teófilo Braga dizia-o em 1881 o *mais lido livro em Portugal*. Até as primeiras décadas do século XX poder-se-ia afirmar semelhantemente do Brasil.

A *História do Imperador Carlos Magno e dos Doze Pares de França*, como a conhecemos em Portugal e Brasil, não existe em espanhol e francês. É uma recomposição portuguesa que se fixa nos princípios do século XIX em sua fisionomia movimentada e patética, solidária no amavio emocional. Era lida nas noites de inverno, como outrora o *Amadis de Gaula*, em voz alta, para a família embevecida e concordante com as peripécias dramáticas, fervorosamente comentadas como atuais. Todos os velhos cantadores profissionais a sabiam de cor. Era documento comprovador da "ciência", elemento natural do *cantar teoria*, sabatina da cultura popular. Não conhecer a *História de Carlos Magno* era ignorância indesculpável, indigna dos bardos sertanejos, mesmo analfabetos. Faziam-na ler, folha por folha, escutando, aprendendo, entusiasmando-se, decorando, repetindo as façanhas, transformando-as em versos, em perguntas fulminantes e respostas esmagadoras.

Uma presença visível e notável dessa reminiscência ainda Leonardo Mota (*Cantadores*, Rio de Janeiro, 1921) registou no Ceará; a peleja, em desafio, dos cantadores Manuel Serrador e Josué Romano:

> – É como quiser;
> Estou preparado...
> Dou em quem vier!
> Se você tiver
> Força de Sansão,
> Presa de leão,
> Coragem dobrada
> Encontra uma espada
> Igual à de Roldão!
>
> – Você falou-me em Roldão...
> Conhece dos Cavaleiros,
> Dos Doze Pares de França,
> Dos destemidos guerreiros?
> Falarás-me alguma coisa
> De Roldão mais Oliveiros?
>
> – Sei quem foi Roldão,
> O Duque Reguiné...
> E o Duque de Milão
> E o Duque de Nemé...
> Sei quem foi Galalão,
> Bonfim e Geraldo,

Sei quem foi Ricardo
E Gui de Borgonha,
Espada medonha,
Alfanje pesado.

– Já sei que o colega sabe
Deste acontecimento,
O que sofreu Carlos Magno,
Os seus enormes tormentos...
Talvez conheça dos Pares
Talvez algum casamento.

– Todos conquistaram
Pelejas cruéis,
E aos infiéis,
Todos derrotaram;
Alguns se casaram
Com turca pagã
Pela fé cristã.
Roldão pela força
Casou c'uma moça
De Abderramã!

A influência das novelas tradicionais vive sensivelmente no Brasil. O Prof. Hélio Viana, da Universidade do Brasil, teve um colega de estudos chamado João de Calais. O escritor C. Néri Camelo encontrou em Piracuruca, Piauí, um rapaz de nome Raimundo Duque Demene Camarazalmão. O Duque de Naime, da *Chanson de Roland*, é o Duque Nemé dos cantadores nordestinos, dando nascimento ao Duque Demene piauiense. O Camarazalmão é personagem de um conto das *Mil Noites e Uma Noite*.

No vocabulário popular conserva-se o vestígio temático. Ganelon deu Galadão ou Galalau, ente desmesuradamente alto e magro, desajeitado em andar e gesto, e Ferrabrás, a bravura insólita e brutal.

Essa permanência sensível e poderosa não ocorre em Portugal e na Itália. E Roldão, glorificado nos dintéis e relevos das catedrais francesas, como Rita Lejeune e Jacques Stiennon carinhosamente estudam na *Iconografie de la Légende de Roland au Moyen-Âge*, está morto na memória folclórica de França, por quem lutou, e na Espanha, onde morreu.

Vive, valoroso, invencido, incomparável, na poesia cantada do Nordeste do Brasil.

3
Temas do Mireio

> "Les choses qu'on croit voir sont-elles sensiblement moins réelles que celles qui existent?"
>
> LOYS BRUEYRE

*F*rederico Mistral publicou *Mireio* em Avignon, *imprimerie* Seguin, 1859. Dispenso lembrar-vos a ressonância; livros, música, estátua, estrela. Poema em XII cantos, orgulhosamente em provençal, *langue d'Oc*, reivindicando para a semiolvidada língua a dignidade idiomática, esquecida e gloriosa. Amor de Mireio, filha de lavrador rico, com Vicente, cesteiro pobre, *a traves de la Crau, vers la mar, dins li bla,* através da Crau, até o mar, pelos trigais. Lenda humilde, local, esvaecida. *En foro de la Crau se n'es gaire parla.* Fora da Crau, pouco se falou.

Crau, do celta *craigh*, montão de pedras, é região de pouco mais de meio milhar de quilômetros quadrados, a leste do baixo Ródano. Arles, Salon, Foz, marcam a triangulação hostil. O aluvião do Durance consente em obstinada agricultura. É na *base Provence*, lendária, ilustre, cheia de decorações culturais. Terra romana, independente, dominada pelo árabe que se derramou, vindo de Espanha, pelo Vale do *Rhôme* até *Lyon* e mesmo o *Garonne*; em 1113 patrimônio dos condes de Provença. Em 1245 é dote de uma filha de Beranger III, casada com um irmão de Luís XI, rei de França, Charles d'Anjou, *la grand dote provenzale* citado por Dante Alighieri no *Purgatório*, XX, 61.

Os poetas provençais foram favoritos pelo Aragão, Castela, Galícia, queridos em Portugal. Também pela França do Norte, Itália, Alemanha. Criaram a *canzione*, o *descort*, a *tenson*, o *jeu-parti*, a *sirvente* agressiva. Cultivaram essencialmente a poesia lírica. O teatro de assunto religioso. Em 1323 fundaram uma academia, o *Gai Savoir*, em Toulouse, com prêmios, disputas, julgamentos, consagrações. Eram os "Jogos Florais". Fizeram nascer a *nouvelle* imortal, *roman de moeurs*. O debate literário. Depois caiu a noite de séculos e a *Félibrige* (1854) tentou recuperar o sol. Com Joseph Roumanille (1818-91) e Théodore Aubanel (1829-86) e Mistral.

Mistral foi um dos soberanos desse curto e maravilhoso renascimento que ainda clareia a fidelidade devocional dos estudiosos da *Langue et Littérature d'Oc*. Mas isto é outra estória.

Interessa-me saber o que de essencial, característico, típico, Mistral fixou no seu poema, reunindo os provençais que viviam na Crau, inculta, imensa, pedregosa e árida.

> Acampestrido e secarouso,
> L'imménso Crau, la Crau peiroso.

Saber o que o poeta trouxe para *Mireio* em figuras humanas, expressando-se nos mitos, superstições, costumes. Seriam os elementos altos, indispensáveis para a movimentação colorida com que o *umble escoulan dón gran Ouméro* povoou a terra da Crau, centro simpático no *Bouches-de-Rhôme*, no romance de Mireio e Vicente.

Frederico Mistral nasceu no *Mas du Juge*, Maillane (três curtas léguas de Avignon), 8 de setembro de 1830 e em Maillane faleceu, 25 de março de 1914. Oitenta e quatro anos na Provença, fiel à terra, às tradições, à paisagem, recusando a tentadora Paris, recebendo a glória sem procurá-la. A informação documental do *Mireio* é tanto mais sugestiva e legítima quanto a Crau não é Nimes, Arles, Aixs, centros demográficos mais abertos e acessíveis às penetrações da cultura exterior. Se nessas cidades haverá o interesse pela indagação da marcha aculturativa, na Crau, na Camargue, com seus pântanos, juncais e touros, a notícia será mais palpitante e orientadora no plano da quase revelação. O mesmo dir-se-ia de um folclore das Landes, no Oeste francês, as planícies de *alios* impermeáveis, com seus pastores guardando os pequenos rebanhos, vigilantes do alto das *échasses*, andas, pernas de pau de dois metros de comprimento, os *landais*, netos de iberos e celtas.

Mistral é um vento frio e seco, soprando do norte e nordeste no Sul da França. Quem não recorda Alphonse Daudet no *Lettres de mon Moulin*, queixando-se: – *Cette nuit je n'ai pas du dormir. Le mistral était en colère, et les éclats de sa grande voix m'ont tenu éveillé jusqu'au matin.*

O Conde de Puymaigre adverte que *la Provence n'était pas conteuse, elle était surtout lyrique. La France du nord, au contraire, était douée d'une singulière faculté narrative. Les troubadours n'ont pour ainsie dire rien à opposer aux chansons de geste, aux innombrables fabliaux des trouvères*. A sugestão objetiva do conto será mais poderosa noutras regiões. A Provença reserva seu patrimônio de lirismo ao lado das lendas, das superstições, do respeito ritualístico ao sobrenatural. O mesmo potencial expresso na inesgotável literatura oral das demais gentes da França toma na Provença a forma do canto e do culto fiel por essa obstinada liturgia tradicional. Ao inverso da Bretanha, da Gasconha, da Normandia e das populações na orla dos Pireneus.

Mistral teria no *Mireio* o ensejo mais amplo para reviver o provençal cantor e crédulo, poeta e devoto de sua longa história anônima, anterior e posterior a Roma, através do árabe e das raças depois ocupantes do seu solo, aos dias presentes. Ele faleceu em março de 1914 e em julho começaria quase outro mundo para os homens de *boa vontade*, o *Monde Cassé*, de Gabriel Marcel.

Teríamos duas expressões legitimadoras e normais do gênio provençal: a *Félibrige,* escola literária onde vive a vocação lírica centenária no seu clima de valorização, e a tradição religiosa e mística, santos, milagres, pavores, respeitos, esperanças, no fundamento unificador e defensivo do costume, do hábito, na norma que atualiza venerações milenárias.

A vida romana e celta, germânica e árabe, a proximidade castelhana, catalã, dos condes de Barcelona, os sedimentos étnicos locais, o incessante intercâmbio letrado e popular com a Península Ibérica, determinariam essas influências comuns para a América Latina e cristã, criada pela força de Espanha e Portugal.

Não ocorrerá a nenhum etnógrafo a possibilidade do encontro de elemento típico do espírito provençal integrado no consuetudinarismo brasileiro, exceto preceitos de forma e ritmo poéticos recebidos de Portugal.

Tentou-se registar, aqui, a simultaneidade temática nas duas tão distantes regiões da cultura geral em que Roma deu o visível matiz aproximador.

Que haverá de contemporâneo no Brasil conhecido pela jovem Mireio no *Mas di Fallabrego*, ouvindo o sopro do mistral e indo orar às Santas Marias sagradas?

Não me custa verificar, relendo os doze cantos do *Mireio*, livro de cem anos...[1]

Do Canto Primeiro

"La Provence vivra éternellement dans Mireille"

Alphonse Daudet

– *Agué parla de sa batudo:* falou do seu trabalho. Cada trabalhador, depois da refeição, evoca a tarefa realizada. Os dicionários de Portugal e

---

1 *Mireio*, poema provençal de Frederico Mistral: tradução portuguesa, com texto provençal, de F. R. Gomes Júnior, livreiro editor, Rio de Janeiro, Paris, 1910.

Brasil não registam *batido* na acepção de trabalho quotidiano. Pertence ao vocabulário popular. No *batido* diário. Não aguentar o batido. Associação da imagem mecânica de *bater*, notadamente no *batido* da bigorna. Do latim *batuere*. No provençal é particípio passado de *battre*. *Battude*, no francês, segundo Dauzat. *Batudo* em provençal. *Batido* no português vulgar, esforço diário, o ritmo obrigatório do trabalho humano. Tem outras significações: – repreensão, discussão acalorada, pedido insistente. Dezembro de 1961 dizia-me um *garçon* de bar: – "A vida está difícil e o *batido é cruel*. Tenho de me virar dobrado..."

– *Te pourtarian réi sus lou bout dou det!* Nós te levaríamos como um rei, na ponta do dedo. É a canção do Mestre Ambrósio, recordando o bailio de Sufrem que de Toulon partiu com quinhentos provençais para combater os ingleses. O tradutor F. R. Gomes Jr. adverte ser sinônimo do advérbio *respeitosamente*. No Brasil vale dizer *facilmente, imediatamente, sem dificuldade*. "O que você caçar hoje eu *asso na ponta do dedo!*" "Sua bagagem é tanta que eu *levo na ponta do dedo*."

– *Quand Marto fialavos:* enquanto Marta fiava. Figura simbólica do trabalho feminino obstinado. *Lucas*, X, 40-42. "Lá se foi tudo quanto Marta fiava!..." Perdeu-se tudo. Recebemos o provérbio de Portugal. J. Leite de Vasconcelos, *Opúsculos*, VIII, 688, estudou o tema diversamente da intenção comum do Brasil.

– *Ero à Nimes, sus l'Esplanado. Qu'aquéli courso éron dounado:* era em Nimes, na Esplanada, que se davam as corridas. Possivelmente a mais antiga manifestação desportiva do homem. Imitação da disputa espontânea dos animais em plena lúdica indiscutível. Doze séculos antes da era cristã constituía elemento indispensável nas comemorações fúnebres, militares, religiosas (Homero, *Ilíada*, XXIII). Figurou como característica nas Olimpíadas (632 antes de Cristo). Dante Alighieri recorda a corrida do *drappo verde* em Verona (*Inferno*, XV, 122). Ocorre em todos os níveis da cultura humana, em terreno de natureza favorável para os povos primários e secundários. Era uma *constante* entre os indígenas do continente americano. É uma das contemporaneidades milenárias.

– *Que dés cascavéu d'or à l'entour i'éron joun:* – à roda do calção dez guizos de ouro estavam presos. Não eram ornamentação mas significavam defesa mágica contra as forças adversas, afastadas pela sonoridade rítmica. Iavé mandara o Sumo Sacerdote, sob pena de morte, costurar guizos de ouro na orla da sagrada vestimenta (*Êxodo*, XXVIII, 31-35). Elemento estimulador e sagrado. Defender-se pelo som, música, melodia, é ainda uma *permanente* popular (Luís da Câmara Cascudo, *Dicionário do Folclore Brasileiro*, "*Som*", James George Frazer, *Le Folklore dans l'Ancien Testament,* "*Les clochettes d'or*").

– *Pér que l'alen se lé repausa, Prenén i bouco un brout de sause:* a fim de suster a respiração, pusemos na boca um broto de salgueiro. Um pedaço de madeira na boca provoca salivação, espaça a sede e dá ritmo ao fôlego. É tradição quase universal, o fragmento lígneo, uma pedrinha, folha verde etc. Idêntico para todo o continente americano. Viajando em 1810 pelo sertão do Nordeste brasileiro, Henry Koster utilizou o tradicional processo: – *the major told me to follow his example, and put a pebble into my mouth, which was the usual resource of the Sertanejos on these occasions* (*Travels in Brazil*, I, 126).

– *Per courre vo santa sus l'oueri bondenfla:* para correr ou saltar sobre o odre insuflado. O famoso corredor Lagalante, derrotado em Nimes pelo moço Cri, nunca mais apareceu nas competições. Saltar ou equilibrar-se sobre um odre foi passatempo de Grécia e Roma (Enkotylé, Etredismo) e que resistiu na Península Ibérica sem que emigrasse para o Brasil, onde nunca deparei vestígios de seu uso. A Provença seria dos últimos recantos onde *le jeu de l'outre* demorou a desaparecer.

Do Canto Segundo

– *Manja de regardello!* Comer com os olhos...

– *Aubre dóu diable, aubras qu'un divéndre an planta:* árvore do diabo, árvore funesta que plantaram numa sexta-feira. A sexta-feira, dia fatídico em que morreu Jesus Cristo, é tida por maléfica e sinistra no folclore dos países católicos.

– *Que la marrano t'agarrigue:* que a "moléstia" venha a ter contigo, é a tradução do Sr. F. R. Gomes Jr. Mistral empregara a figura agoureira e misteriosa do "marrano", inicialmente o judeu, o mestiço de judeu e mouro, convertido ao cristianismo mas intimamente fiel à Lei Velha de Moisés. Em princípios do século XVII espalharam-se de Espanha e Portugal para Itália e França, onde não mereceram conceito acolhedor. O nome provinha da abstinência da *marrã*, porco que terminou o aleitamento, denúncia clara de judaísmo. Para o "marrano" convergiu a suspeita de feitiçaria, malvadeza, perversidade astuta e mesmo, na Provença, enfermidade contagiosa. *Que o marrano te agarre* é expressivo. Em Portugal valia *maldito, amaldiçoado, excomungado,* identicamente no Brasil. No Rio Grande do Sul *marrano* é o gado inferior. Na *Satyre Ménippée* (1594), na Harangue de Monsieur *d'Aubray,* cita-se a injúria como corrente em Paris: – *pourquoy ne me serait permis de croire que tous ces* Marranes, *qui jont tant de signes de croix...*

– *O belèu uno souleiado vous a'mbriado:* ou talvez o sol nos enervasse, ou entontecesse, embriagasse. Vicente sugere a Mireio consultar a velha Taven que, nas montanhas de Beaux, conhece um tratamento para a doença. Punha-se sobre a cabeça um frasco cheio de água, absorvendo o mal. Era o *sol na cabeça*. Todos os terapeutas populares de Espanha e Portugal curam por essa maneira a insolação. Põem um pano branco, dobrado em nove dobras (*novenas*), na cabeça do doente e sobre esta um copo de água. Se há *sol na cabeça, calma, calmaria,* a água ferve. Rezam em Portugal:

> Sol, sai da criatura
> Com toda a formosura.
> Que a Virgem Maria
> Tudo me ensinou
> Que eu nada sabia.

ensina Teófilo Braga, *O Povo Português nos seus Costumes, Crenças e Tradições*, II, 236. O Prof. Joaquim Roque, *Reza e Benzeduras Populares,* regista outra versão portuguesa, do Alentejo:

> Iria pelo mar ia
> Nosso Senhor encontrou
> E Nossa Senhora le preguntou:
> – Onde vás Iria?
> – Vou tirar esta calmaria!
> Nossa Senhora *le preguntou*
> Como a tiraria.
> – Com a panal em nove dobras
> E um copo d'água fria.
> Em lavor de *D'es* e da *Virja* Maria
> Padre Nosso e *Avém* Maria.

Rezam nove vezes. No Brasil existe a mesma tradição. O poeta Gregório de Matos (1623-1695) escreveu cinco décimas a *uma Dama, tirando o sol da cabeça por um vidro cheio de água*, evidenciando a antiguidade da crendice no Brasil do século XVII.

– *Vole la Cabro d'or:* quero a Cabra de Ouro! Pela Provença existia a Cabra de Ouro, enterrada em vários lugares, enriquecendo quem a encontrasse. Uma cabra de tamanho natural e de ouro puro! A cabra está oculta nas grotas, nas ravinas, na encosta, multiplicada pela ambição. Mistral, menino, com os companheiros de escola quantas vezes *nous furetions aux grottes pour dénincher la Chèvre d'Or*! A Cabra de Ouro passou à Espanha. Ambrósio de Salazar (*Tesouro de Diversa Lécion, 195-199, Paris, 1636*) resume a lenda catalã da casa de Marcus que enriqueceu porque *halló una Cabra muy grande y un cabrito de oro maciço*. Há pelo Douro português. Deve viver ou ter vivido no Brasil, no ciclo da mineração, pelo século XVIII, na zona do ouro.

Do Canto Terceiro

– *Pòu un regard lusént e ferme, Dòu femelan torse lou germe, Di vaco poussarudo agouta li maméu!* Não pode um olhar, luzente e fixo, matar o germe da mulher, das vacas leiteiras secar as tetas? Fascínio, mau-olhado, olho-grande, olho de secar pimenta, projeção maléfica, esterilizadora e fatal pelo olhar. Olhar da Górgona, Medusa. Crença universal e milenar nas culturas clássicas. É o agente determinador da maioria dos amuletos, opondo as forças defensivas, o *gorgoneion* (Luís da Câmara Cascudo, *Gorgoneion, Homenaje a Don Luiz de Hoyos Sainz*, I, 67, Madrid, 1949). A bibliografia é incontável.

– *Vaqui moun aneloun de véire, per souvenènço, o béu jouvent!* Eis o meu anel de vidro para lembrança, belo moço! Mistral lembra as *bagues de verre portant au chaton un rat,* vendidas na feira do Beaucaire. Os cancioneiros populares contemporâneos de Portugal e Brasil cantam:

> O anel que tu me deste
> Era de vidro e quebrou.
> O amor que tu me tinhas,
> Era pouco e acabou!

Do Canto Quinto

– *Lou gairad toucadou subran l'arrapo i flanc; a la maniero prouvençalo te lou bandis darriè l'espalo*. O vigoroso boieiro, rápido o agarrara pelos flancos; à maneira provençal, o atira para trás das costas! Era uma técnica dos gregos nos ginásios. Para o Brasil, mesmo entre os indígenas, a fórmula era idêntica à dos romanos: derrubar o adversário pela cintura, atirando-o ao solo. É a mais popular e vulgar na Península Ibérica.

– *Pourtant un marrit pes:* levamos um mau peso. *As tua quancum, miserable:* tu mataste alguém, miserável! O vaqueiro Ourrias, recusado por Mireio, desafia Vicente, o namorado feliz, e é vencido lealmente. Vinga-se ferindo-a à traição, com o tridente, e foge, abandonando o ferido. Toma a barca no Ródano, para Alès, mas a embarcação soçobra e o boieiro sucumbe. O assassino tem o peso duplicado pelo do morto inseparável. A maldição da morte cruel e pérfida acompanha o matador. É tradição viva no Brasil. Teodoro Roosevelt (*Através do Sertão do Brasil*, 308, S. Paulo, 1944) anotou a crença em 1914: – *O Paixão está seguindo Júlio agora, e o seguirá sempre, até Júlio morrer; Paixão caiu de bruços, sobre as mãos e os joelhos, e, quando um morto cai assim, sua alma acompanha o assassino enquanto este viver.*

– *Qu'es aniue Sant Medard:* que é a noite de São Medard. Nessa noite de 8 de junho as almas de todos os afogados no Ródano fazem uma procissão assombrosa pelas margens, com uma flama na mão, *a la man tenien uno flamo,* procurando orações para que deixem o Purgatório. No Brasil a procissão dos afogados é na noite de Sexta-feira da Paixão para Sábado da Aleluia. Notadamente no Atlântico do Nordeste os velhos pescadores atestam a veracidade apavorante. "*Mestre Filó (Filadelfo Tomás Marinho) via a procissão dos afogados fazendo penitência numa Sexta-feira da Paixão. Estava pescando, pecando porque não se pesca neste dia, na Pedra da Criminosa, com Benjamin e Francisco Camarão. Na Pedra do Serigado de Baixo estavam José Justino e Manaus. Todos viram. Os afogados apareceram nadando em filas, silenciosos, os olhos brancos, os corpos brilhando como prata na água escura*" (Luís da Câmara Cascudo, *Jangada*, 13-14, Rio de Janeiro, 1957).[2] As fantásticas *Procissões de Penitência,* longas e vagarosas filas de espectros, conduzindo velas acesas, constituem uma *constante* em todas as populações cristãs, notadamente latinas, Itália, França, Bélgica, Espanha, Portugal etc. Os testemunhos da aparição são contemporâneos. Os fantasmas desfilantes e mudos vivem existência miraculosa desde o México à Argentina, trazidos pelo colonizador europeu. Não há, entretanto, dia preferível para a fabulosa exibição, exceto a dos mortos no mar. Nos países saxônicos confundem-se com as lendas do *caçador fantasma,* da *caçada infernal,* do *exército selvagem,* os *Wuotans Heer, das wüttende Heer, a mesnie Helleqiun, Helleguin,* também na Espanha, a *güestia* de Astúria, *hostis antiquus*; ora uma hoste bravia e malévola, guiada por Satanás, ou uma forma processional das almas *penitentes,* como ocorre às margens do Ródano, na noite de São Medard, pedindo orações e sufrágios. Na Bretanha a procissão *des noyés* é na noite do Natal.

---

2   Edição atual – 2. ed. São Paulo: Global, 2003. (N.E.)

Do Canto Sexto

Mireio conduz Vicente agonizante ao *Trau di Fado, à la coumbo d'Infer,* à gruta das Fadas, no vale do Inferno, morada da feiticeira Taven, *Taven la masco.* Por alusão ou visão, todo o bestiário fantástico comparece até que o cesteiro seja curado pela magia medicamentosa da bondade bruxa.

– De Fouletoum... *l'eissame vagabound, quilant, revoulunous.* Dos Loucos... o enxame vagabundo, galopante em turbilhão. Almas perdidas para a salvação, condenadas eternamente ao fogo maldito, passam num furacão, revolteando em ciclo interminável, como Dante Alighieri evocou no *Inferno,* V, 46-48: – *Em rodopio as almas volteavam.* O folclore de Portugal e Brasil não conhece personalização da Ventania mas lhe dá consistência mágica, intenção sinistra e malfazeja, e mesmo explicação diabólica.

– *Esperit Fantasti.* O mais popular dos duendes provençais. Corresponde um tanto ao saci-pererê do Sul, caipora do Nordeste, curupira do extremo Norte brasileiro, auxiliando e perturbando, amigo dedicado e perseguidor menos por perversidade que divertimento. Todos os duendes pastoris têm essa dupla e permanente missão, numa ambivalência amável e perigosa, tornando-os inseparáveis das mais vulgarizadas tradições orais. A França é riquíssima nessa fauna espantosa de *korrigans, poulpicans, lutins, dracs, fadets, farfadets, gobelins, sotrés, hannequets, annequins, vauvert,* vinte e outros, travessos, inquietos, desnorteantes.

– *Counneissés pas la Bugadiero?* É a *Lavandière* do Monte Ventour, personalização meteorológica. A *Bugadiero* comanda as nuvens, amontoando-as, torcendo-as como se fossem peças de roupa, precipitando as chuvas. Em Portugal o Nevoeiro é representado por uma velha, mas a figura não se passou para o Brasil. Não possuímos uma *Bugadiero* e sim as *lavadeiras da noite,* que não anunciam a Morte mas são ouvidas na sua tarefa sem fim durante a noite tropical.

– *Un capelan, pale comme éli, dire la Messo e l'Evangéli.* É a *missa dos mortos,* celebrada por um sacerdote falecido a uma contrita assistência de defuntos. Muito conhecida na Europa (Alphonse Daudet, *Les trois besses basses)* e no Brasil inteiro. Augusto de Lima Júnior (*Histórias e Lendas,* 154--156, Rio de Janeiro, 1935) regista uma versão de Ouro Preto, Minas Gerais, como verídica *missa das almas.*

– *Garrigo.* Garrigues, lutinos, bailarinos das trevas, espalhando rumores confusos. Explicam os ruídos inexplicáveis. Não têm denominação especial no Brasil. São, vagamente, *os espíritos.*

– *Garamaudo.* Garamaude. *Garache.* Fantasma vampiresco, devorador de cadáveres. *Revenant vampiro.* É a *bruxa,* na acepção mais hedionda e repelente.

— *Bambaroucho*. Velha que rapta crianças para comer. Furta meninos insones. *Papona*, insaciável; feminino de *papão*, ogre, viva em todo o Brasil.
— *Gripet*. O *gripp* na Baixa Bretanha. *Gripper* por *griffer*, arranhar, dilacerar com as garras. É um aliado da *Garamaudo*. Espectro de unhas compridas, torturador. Sinônimo satânico no Brasil: *o das unhas grandes*, como em Portugal.
— *Chaucho-vièio*. Pesadelo. É a *Pisadeira* de São Paulo. Mulher alta, magra, dedos longos terminados em unhas enormes, perna curta, cabelo desgrenhado. Desce pelo telhado e senta-se no tórax dos dormentes depois da ceia, angustiando-os.
— *Escarinche*. Correm pelos prados. Elfos, lutinos, brincalhões e assustadores. Saci-pererê, caiporas, no Brasil.
— *Dra*. Dracos. Os escarrinchos foliões e numerosos. Caiporas e sacis.
— *Chin de Cambau*. O cão de Cambal. Cão negro, faminto, invulnerável, atacando nas encruzilhadas no Brasil, perseguindo os tresnoitados vagabundos, companheiro misterioso e fiel dos ébrios noturnos. Cão é sinônimo diabólico. *Chien à la grande queue*, na França.
— *Fió de Santa-Eume*. Fogo santelmo. Corpo-Santo. São Telmo. Umas das mais poderosas e seculares tradições supersticiosas em Portugal (Augusto César Pires de Lima, *Estudos Etnográficos, Filológicos e Históricos*, 2º, 7-75, Porto, 1948). De presença vulgar no Brasil.
— *Lou galop enrabia dóu Baroun Castilhoun!* "O galope enfurecido do Barão Castillon" deverá ser na Provença a passagem do *Conde Arnau*, a mais popular e prestigiosa figura dos mitos da Catalunha. *Hace relativamente poco se oía el ruido de las patas y el relicho del caballo en su loca carrera* (José Romeu Figueiras, *El Mito de el Conde Arnau*, 166, Barcelona, 1948). É o caçador-fantasma, a caçada selvagem. *Haute chasse*. Caçador invisível, no Brasil, terror dos concorrentes na caça noturna.
— *Agnéu negre*. Ovelha negra. *Brebis noir*. *Schwarzes Schaf*. *Black Sheep*. Aparentemente pacífica, balando, inocente, atrai o viajante que se perderá tentando capturá-la. Se a erguer, desfalecerá sob o imprevisto e espantoso peso. Comum no Brasil. *Le Mouton pesant* na França.

Do Canto Sétimo

— *Sis auriho, degun i'avié' nearo trauca*. Suas orelhas, ninguém ainda as furara. Refere-se à juventude de *Vinceneto*, Vicentinha, filha de Mestre Ambrósio, irmã de Vicente, o amor de Mireio. Usar de brincos era uma comprovação da notória nubilidade. Furavam o lóbulo da orelha à menina ainda criança ou, no comum, guardavam essa exigência decorativa e mágica para mais tarde, significando elemento denunciador de um *rite de passage*. Era o *costume* nas antigas famílias brasileiras, maiormente as do interior, do ciclo pastoril.

– *Li cinq det de la man soun pas tóuti pairé!* Os cinco dedos da mão não são todos iguais. Nem os dedos são iguais. Cada dedo é diferente e a mão é a mesma. Constam da paremiologia brasileira.

– *Sant Jan! Sant Jan! Sant Jan! crivadon.* O grito jubiloso é o mesmo no Brasil: – Viva São João! A festa da herdade de Mestre Ramon coincide inteiramente com as nossas comemorações, sendo estas mais movimentadas e sonoras, com as *comidas de milho,* bebidas típicas, bailes tradicionais, noivados, casamentos, compadrescos simbólicos. Presença de Portugal no Brasil.

Do Canto Oitavo

– *Coume autan Magalouno...* Como outrora Maguelonne. A história de *Pierre de Provence et de la belle Maguelonne* diz-se escrita em latim ou provençal pelo Cônego Bernardo de Treviez, da Igreja de Maguelonne, Port Serrassin, 16 quilômetros de Montpellier, à volta de 1453. Petrarca, então estudante de universidade, tê-la-ia retocado. Em 1519 corriam versões castelhanas (Sevilha, Burgos) e em Portugal na edição de 1625 (Antônio Álvares, Lisboa), mas é crível havê-las desde as primeiras décadas do século XVI, pelo impressor Jacob Cromberer. No Brasil *A História da Princesa Magalona* foi popularíssima, reeditada quase anualmente e tendo várias redações em versos (Luís da Câmara Cascudo, *Cinco Livros do Povo,* 225-280, ed. José Olympio, Rio de Janeiro, 1953).[3]

– *È qu'es aquéu Trau de la Capo?* É o que é a Caverna da Cape? Domínio de senhor ambicioso, avarento, desdenhando os preceitos da Igreja, fazendo servos e animais trabalharem ininterruptamente nos dias santificados. Uma tempestade varreu a propriedade orgulhosa e as águas cobriram plantios e eiras. Em certas ocasiões, *jour de Nosto-Damo,* eleva-se o confuso rumor das existências submersas no pântano e são audíveis as vozes dos trabalhadores, trote de cavalos sobre a eirada, tinidos de campainhas. No Brasil vivem as lendas das cidades castigadas e palpitantes no fundo do mar, dos rios e das lagoas: Lagoa Santa em Minas Gerais, Lagoa Negra, Conceição do Arroio no Rio Grande do Sul, no Rio Gurupi, perto de Viseu do Pará, Sapucaiaoroca no Rio Madeira, no Amazonas, na Lagoa de Estremoz, no Rio Grande do Norte, na Praia de São Vicente, em S. Paulo, no Rio São Francisco, na Bahia.

---

3 Edição atual – 3. ed. (fac-similada). João Pessoa: Editora Universitária UFPB, 1994. (N.E.)

Do Canto Nono

— *Dóu proumié cop, mèstre, me coupe*. Com o primeiro golpe, patrão, firo-me! A tarefa iniciada com um ferimento no trabalhador é de mau agouro também no Brasil. É o *mau começo, o princípio ruim...*

— *De fournigasso... dou nis e di nistoun venien d s'empara*. As formigas apoderaram-se do ninho ainda habitado pelas aves. É outro indício de próxima desventura, de *negócio errado*, de falha, infelicidade no ensejo imediato. A solução para evitar a visível ameaça é enterrar ninhos, aves, ovos. É uma tradição popular do meu tempo de menino no Nordeste brasileiro.

— *Un frejoulun me vèn... Iéu ai senti la Mort qu'a passa coume um vent!* Um tremor me vem... Senti a Morte passar como um vento. Os estremecimentos inopinados, arrepios súbitos, são explicados pelo povo como a passagem da Morte.

— *Parlo me doune, se siés bono umo! Se siés marrido, torno i flamo!* Se és uma boa alma, fala então! Se tu és u'a má, volta para as chamas! É a *invocação*, o *esconjuro* clássico no Brasil, vindo de Portugal, com as modificações regionais: "Se és alma de Deus, dizei o que quereis! Se és alma infernal, longe de mim sete palmos, com os poderes de Deus!"

— *Veses lou camin de Sant Jaque?* Vês tu o caminho de São Jacques? É a Via-Láctea *carreiro de Santiago*, dizemos no Brasil como em Portugal. Estrada que as almas percorrem na peregrinação a Compostela, visitando o túmulo do Apóstolo. *Mira, mira; ecco il barone per cui la giùsi visita Galizia*, cantava Dante Alighieri no *Paraíso*, XXV, 17-18.

— *E sus lou càrri bacelaire*. E sobre o carro gemedor. O carro de *Jano Mario*, Joana Maria, mãe de Mireio, era a carroça provençal, puxada por um cavalo, no caso a égua *Moureto, Mourrette*, em que viajou para as *Sánti Mario*, as *Santas Marias*, procurando a fugitiva filha. O atrito do eixo devia provocar a cantilena interminável, avisando a presença do veículo e afastando os *maus espíritos* pela sonoridade intencionalmente produzida; o *stridentia plaustra* de Virgílio, *Geórgica*, III, 536. As rodas cantantes, esquecida a própria significação mágica do som, ainda resistem na Anatólia, ao redor do mundo hitita, na Espanha pelo carro *chillón* e no Brasil nas rodas maciças do carro de bois nordestino, e noutras paragens, ibéricas e ameríndias.

Do Canto Décimo Segundo

— *M'an vist abra mou cachimbau dins uno gléiso á la viholo?* Viram-me acender o meu cachimbo numa lâmpada da igreja? A lâmpada ardendo diante do altar do Santíssimo é tradicionalmente sagrada. Significa a fé vigilante, a fidelidade devota de todos os crentes, a homenagem visível ao Espírito Santo. Sempre essa lâmpada está onde guardam, no sacrário, as hóstias consagradas, o Deus-Vivo. Não pode ser profanada por contato, e uso alheios à sua destinação litúrgica. Culto de Vésper. *Fedro*, IV, X: *Fur aram compilans*. *Levítico*, VI-12: *Ignis autem in altari semper ardebit*.

– *Se'n cop veirés à voste lume quauque sant-féli que s'alume, bom paire sera iéu!* Quando virdes na vossa lâmpada alguma falena se queimar, bom Pai, serei eu! A borboleta valer alma dos mortos é crença milenar. *Psiké*, espírito e borboleta, valia o mesmo vocábulo para os gregos na intenção personalizadora que se derramou pelo Mediterrâneo. As escuras são feiticeiras ou prenúncios de desgraças. As claras anunciam venturas. Em Portugal é a *coisa má*, esvoaçando ao crepúsculo. Identicamente na Itália e Espanha. Na França, alma de morto em penitência. Na Rússia, mensageira do infortúnio. Na China, arauto da Morte. Na Pérsia, visita dos defuntos saudosos. Na Inglaterra (Devonshire), a criança que morreu sem batismo. Mireio visitaria a casa paterna sob a forma graciosa e leve de uma falena, volteando à luz da lâmpada doméstica, inteiramente no ambiente supersticioso que ainda não desapareceu.

– *Nóu véspre-á-de-réng, tau e tauro van, soluoumbros, ploura la pauro*. Nove noites consecutivas, touros e vacas, vêm, sombrios, chorar a desgraçada. A rês abatida, se deixa nódoa de sangue no local da morte, é pranteada pelo gado, em coro de impressionante insistência aflitiva. Em todos os povos pastores esse *choro de gado* tem sido registado, desde época antiquíssima. Não há tempo marcado para a fúnebre homenagem bovina realizar-se. Na Provença, como no Brasil, o povo encarrega-se de marcar a duração do cerimonial instintivo e selvagem, sempre em data ímpar, três, cinco, sete, nove dias, obrigacionais de lamentação. *Numero deus impare gaudet*, dizia Virgílio, *Égloga*, VIII, 75.

4
Motivos do Heptaméron

*E*vidente que não me encontro aqui para prefaciar, introduzir ou apresentar mestre Luís da Câmara Cascudo. Seria ato supérfluo, fora de propósito, ou de vila e termo. Antes, para testemunhar e saudar, no Autor ilustre e consagrado, cuja companhia é uma honra partilhar este grato e raro momento intelectual, uma das mais recentes e curiosas aventuras do espírito, da sensibilidade e da inteligência investigadora.

Na sequência de uma obra multiforme, que envolve os mais variados setores do estudo, da pesquisa e do conhecimento, – o histórico, o sociológico, o etnográfico, o antropológico, o folclórico, – este ensaio sobre os motivos do *Heptaméron* na literatura oral do Brasil se reveste de aspectos os mais fascinantes.

O *Heptaméron* é da primeira metade do século XVI, mas somente apareceu publicado em 1558. Livro de uma rainha renascentista, e, portanto, com repercussão em ambiente europeu, de corte, fidalgo e limitado, como possível a *reprodução,* na boca anônima do povo, embora com as adaptações inevitáveis de época, lugar, condições pessoais e circunstâncias, de alguns fatos e histórias ali narrados? Maravilhoso mistério de identidade, de fundo comum das naturezas humanas, que possibilita e permite tão estranhas simbioses, aproximações ou viagens, através do tempo, do espaço, das culturas, das situações.

Mestre Cascudo, com a sua experiência e as suas antenas captadoras de ressonâncias as mais imponderáveis e sutis, arma, no seu trabalho, os diversos quadros em que se recompõem cenas e casos afins, num levantamento de coordenadas e referências que impressiona pela variedade, mobilidade e colorido das fontes e das manifestações. E que encanto é acompanhar, nas suas revelações, página a página, toda essa trama pitoresca, e viva, enxameante de humor, de malícia, de *gaieté gauloise*, de *espirt de tromperie et de ruse,* bem característico dos usos e costumes do tempo, sem embargo das lições de moral corrente e sabedoria humana que tantas estórias (para usarmos agora uma expressão preferida do Autor) contêm, e delas são a conclusão oportuna e eficaz!

Margarida de Angoulême, rainha de Navarra, irmã do Rei Francisco I, de França, avó de Henrique IV, protetora do humanista Amyot e que teve o poeta Clément Maró como secretário, é considerada uma das animadoras do movimento de renovação das artes e das letras clássicas, que se rotulou, na História, de Renascença. Mulher culta e inteligente, com largos conhecimentos das línguas e das literaturas de sua época (o grego, o latim, o italiano, o alemão e o espanhol lhe eram familiares), foi igualmente poetisa, embora os seus versos não lhe hajam granjeado a mesma fama que os seus contos. Edmond Jaloux, entretanto, os julga superiores; e ela os compôs inumeravelmente, numa suprema espontaneidade de criação, tocados, ora de ardor místico, ora modelados em delicada contextura lírica, tão distantes, assim, da substância e do caráter do *Heptaméron*.

Quanto a este, contos baseados em histórias verdadeiras, a crer na sua Autora, cujas personagens são, muitas vezes, figuras de sua própria *entourage*, ela o escreveu, na maior parte, como acentua Brantôme, "dans sa lityre en allant par tous pays". Teve ela, realmente, uma vida movimentada, e cheia, inclusive, de preocupações e dificuldades, tanto de ordem íntima e pessoal, quanto decorrentes de sua condição de princesa e, depois, rainha, que a existência dos nobres da terra nem sempre é leve e fácil.

Mestre Cascudo, que tanto gosta, insolitamente, de conversar com bichos nos cantos de muros imprevisíveis, – amigo pessoal da donzela Teodora e da Princesa Magalona, donas de amável convívio, expressões eternas da legenda e do cancioneiro universais, em cuja vasta, acolhedora e generosa sala de estudo e trabalho do casarão da Junqueira Aires, como na torre do Castelo de Montaigne, todas as Musas estão vivas e presentes, – não poderia resistir à provocação de tema tão rico e excitante, nas suas implicações folclóricas, e tão magnificamente estruturado na área de suas tarefas de escritor.

Eis um trabalho feito com ternura e amor, construído sob as únicas influências e sugestões do gosto pessoal, em que erudição e memória se irmanam harmoniosamente, e por isso mesmo bem típico da paixão de seu Autor pelo folclore, naquele exato sentido em que Sainte-Beuve o chamava de "poesia espontânea", e que não deixa de ser, por outro lado, sem pretensões nem metafísica, uma ciência de compreensão da vida, dos seres e das coisas, nas suas raízes, na sua essência e nas suas constantes psicológicas universais.

Américo de Oliveira Costa

*M*argarida de Valois-Angoulême, Duquesa d'Alençon e do Berry, depois rainha de Navarra, a *marguerite des princesses,* irmã de Francisco I de França, avó materna do Rei Henrique IV, nasceu a 11 de abril de 1492 no Castelo de Angoulême e faleceu no Castelo de Odos, perto de Tarbes, a 31 de dezembro de 1549. De 1542 em diante começara a escrever uma série de contos, imitando a técnica então vitoriosa de Boccaccio no *Decameron* (1348-1353), lido na biblioteca do avô paterno, Jean d'Angoulême.

Imaginou que cinco damas e cinco cavalheiros, reunidos em Notre--Dame de Serrance, voltando das águas de Cauterets, depois de várias aventuras, impossibilitados de alcançar suas residências pela invernia que fizera transbordar os rios, divertiam-se contando estórias diariamente, uma cada personagem, e em dez dias teriam cem contos narrados. Cada qual *dira chascun quelque historie qu'il aura veus ou bien dire à quelque homme digne de foy*. Deliberou-se *sinon en une chose differente de Bocace: c'est de n'escripe nulle nouvelle qui ne soit veritable histoire*.

A Rainha Margarida faleceu antes das cem estórias terminadas. Ficou em sete dias, com setenta estórias e mais duas da *huitième journée* incompletas. Alguns pesquisadores do *Heptaméron* creem que as 28 novelas faltantes foram escritas e devem existir espalhadas nos arquivos das bibliotecas da França ou Itália. Pierre de Bourdeille, *sire* de Brantôme, filho de uma dama de companhia de Margarida de Navarra, cita nitidamente as *cent nouvelles* como completas: – *Vous avez dans les CENT NOUVELLES de la reine de Navarre (LES DAMES GALANTES, Prêmier Discours)*.

Michel François diz que sim e Pierre Jourda diz que não.

A primeira edição denominou-se *Histoire des Amants Fortunez* (Paris, 1558), sendo coordenador Pierre Boaistnau, com 67 novelas dispostas arbitrariamente. No ano seguinte Claude Gruget publicou o trabalho completo, com as novelas que conhecemos e divididas em *journées* ao sabor do *Decameron*. Foi Claude Gruget em 1559 o autor do feliz título, *HEPTAMÉRON DES NOUVELLES de trés illustre et trés excelente Princesse Marguerite de*

Valois, royne de Navarre etc. As Novelas 11,14 e 46 tinham sido substituídas por outras. O autor seria a própria rainha ou Gruget?

Edição integral, fiel ao texto e confrontando-o com as demais cópias, é a de A. J. V. Le Roux de Lincy (Paris, 1853-54). Entre as tantíssimas há uma recente e magnífica de Michel François (Paris, 1943), divulgando uma novela e um prólogo inéditos.

Cercada de livros, clássicos e latinos e *fabliaux,* sabendo seis línguas, de quem Clément Marot foi secretário e Bonaventura des Pières *valet de chambre,* criou no *Heptaméron* um clima propício de credibilidade, de possibilismo vital ao mundo novelístico palpitante ao derredor de Alençon, Bouges, Blois, Pau, Nérac. De agosto a novembro de 1525, visitando o mano rei prisioneiro de Carlos V, viajara pela Espanha, Madrid, Toledo, Saragoça, Barcelona e Navarra, onde se irradiavam os bascos para Espanha e os gascões para a França, e era centro de cultura oral pela incessante osmose dos Pireneus.

Margarida de Valois-Angoulême, nascida seis meses antes do descobrimento da América e no ano do desaparecimento do último reino mouro na Europa, presenciou um dos momentos de maior intensidade na circulação da literatura oral pelas guerras da França, Espanha, Itália. Suas novelas teriam ampla base nos velhos e saborosos *fabliaux,* redação de contos imemoriais, infixos no espaço, alguns posteriormente ajustados como verídicos e fisicamente personalizados.

A influência do *Decameron* foi imprevisível na extensão e profundidade. *Jehcroy qu'il n'y a nulle de vous qui n'iat leu les cent Nouveles de Bocace,* dizia a brilhante Margarida. A primeira versão francesa, de Antoine Le Maçon, conselheiro do rei, é de 1545, e dedicada a Margarida de Navarra. No século XV treze edições italianas foram espalhadas e a rainha teria o italiano como idioma familiar. Era leitora de Dante Alighieri, citado num terceto do *Inferno,* III, v-51, *na nouvelle* LV.

De Luís XI a Henrique IV a monarquia francesa fora vivida popularmente, com a participação da memória anônima e uso do seu folclore, de que é documento o *Cent Nouvelles Nouvelles,* a presença do sal e da graça maliciosa em episódios possíveis, expostos com verve *grivoise,* à mesa do Delfim, e nas horas de convivência plebeia, indistintamente, numa comunicação incessante por todas as classes, vivendo as mesmas estórias e canções nas lembranças aristocráticas e vilãs. Procuravam identificar os figurantes, dando-lhes vida contemporânea, justificando a coincidência do evento. Desde a menoridade de Luís XIII, o rei de França ficou isolado, pomposo, determinando, pela multidão parasita e fidalga circunjacente no Louvre, outra literatura oral, inferior em conteúdo humano e mais cerebral na ciência da exposição crítica. Nascia a fauna ilustre dos memorialistas, registando os acontecimentos na colmeia fervilhante de Versalhes.

A corte de Francisco I, ambulante e pitoresca como a de um soberano merovíngio, percorria as cidades do reino como os reis de Espanha antes de Filipe II e os de Portugal antes de D. João IV, derramando e recolhendo o *gay savoir*, de que é esplendor o *Heptaméron*. Diante dessas cortes explica-se um auto de Gil Vicente sem maquinários, luzes e tramas ilusionistas. Esse ambiente francês de Rei e Povo consagra e explica Margarida de Navarra, o *sire* de Brantôme e o Doutor François Rabelais. A presença erudita não estanca a fonte popular, suculenta e truculenta em sua grandeza hilariante ou dramática, sempre nascida de raízes legítimas, condutoras de seiva tradicional. Não é deliberadamente imoral mas recordadora de fatos possíveis entre homens e mulheres temperamentamente naturais. Tanto deparamos no *Heptaméron*, "La Chastelaine de Vergi", conto anônimo do século XIII (*nouvelle* LXX, como ocorrida *en la duché de Bourgoingne*), como os ligeiros e picantes temas reaparecidos nos entremezes espanhóis e que resistem no anedotário ibero-americano.

Assim o *Heptaméron* é uma exposição de motivos literários e sociais com os fundamentos imemoriais da literatura oral. Será sempre curioso e útil o registo de elementos que a rainha de Navarra escreveu na primeira metade do século XVI e ainda permanecem comuns e vivos nas regiões ameríndias, naquele tempo amanhecendo na história do mundo. Ela faleceu quando Tomé de Souza fundava o governo-geral no Brasil. As mais notadas "constantes" figuram nas novelas VI, XXIV, XXIX, XXX, XXXIV, XXXV, XXXVIII, XLIII, XLV, LII.

A novela VI refere-se à jovem esposa de um fâmulo de Carlos, Duque de Alençon, primeiro marido da futura rainha de Navarra. O fâmulo era velho e cego de um olho. Numa noite a mulher estava com o amante quando o esposo chegou inesperadamente, batendo à porta como um desesperado. A mulher foi recebê-lo festivamente, dizendo ter sonhado com sua cura ocular. *Et, en l'embrassant et le baisant, le print par la teste, et lui bouchoit d'une main son bon oiel.* Cobrindo o olho sadio, deixava-o completamente às escuras. O amante aproveitou a ocasião para escapar-se sem perigo de maior.

A estória é contada em Portugal, Espanha, Brasil, com muitas variantes.

A mulher cobre a vista do marido, ou ambos os olhos se ele os tem perfeitos, com um lençol sob pretexto de exibir uma compra feliz. O amante foge.

A mais antiga redação consta do *Disciplina Clericalis*, de Pedro Afonso, judeu converso, nascido em 1062 e falecido depois de 1115. É a fábula IX, *Exemplum de vindemiatore*, do texto de Hilka e Sodrehjelm, traduzido para o espanhol por Angel Gonzales Palencia (Madrid-Granada, 1948), correspondendo à VII da edição latina de Migne (*Patrologie*, CLVII, Paris, 1899). O marido saiu para vindimar e a mulher recebeu a visita do namorado. Fere-se com um ramo de videira e regressa à casa antes do tempo previsto. A mulher oculta o amante num aposento e, abraçando o esposo, pede-lhe para comprimir o olho são, evitando o contágio. Torna, desta forma, cego o marido e o amante desaparece, incólume. Outra versão, popularíssima, consta de a mulher disfarçar a saída do galã estendendo, com o auxílio da mãe, um pano, mostrando-o ao marido. É o *exemplum de lintheo*, X em Hilka-Sodrehjelm e VIII em Migne. São temas conhecidos na Espanha desde o século XI.

Victor Chauvin (*Bibliographie des Ouvrages Arabes*, IX, 20-21, Liége, 1901) regista as fontes literárias europeias que se utilizaram dos dois episódios: 15 para o primeiro e 10 para o segundo.

O assunto, picante e saboroso para a época, foi usado pelos novelistas italianos como Célio Malespini, Sabadino Degli Arienti, Giuseppe Orologi. Cervantes escreveu o entremez *El Viejo Celoso* com o mesmo processo burlador. O galã entra por detrás do guadamecim que a velha Hortigosa distende. Joseph Bedier (*Les Fabliaux*, 320, Paris, 1895) regista variantes temáticas. Idêntico não aparece nas técnicas da *cocuage*, manipuladas por Boccaccio, muitas e nascidas da criação oral e centenária. Não é fixável desde quando o motivo passou à estória, de voz em voz, circulando pela Europa medieval.

A origem oriental positiva-se na presença do *Hitopadexa*, conto V do *Mitralābha* (tradução de Monsenhor Sebastião Rodolfo Dalgado, 57, Lisboa, 1897) e no *Levieu Marchand et sa Jeune Femme* (versão de Edouard Lancereau, 42, Paris, 1855). No país de Gauda, na vila de Kausambi, o velho Tchandanadāsa é casado com a jovem Lalāvati. Esta folga com o amante quando Tchandanadāsa bate à porta. Lalāvati abraça-o, beija-o, escondendo-lhe os olhos. O namorado imediatamente foge.

Da popularidade clássica desse tema resta-nos a menção de Aristófanes no *Thesmoforiazuses* (Tesmoforias) ou festas de Ceres e de Proserpina, sobre *telle femme qui fair admirer à son mari la beauté d'un manteau, étendu au soleil, pour faciliter l'évasion de son amant* (*Théâtre d'Aristophanes*, trad. de André Charles Brotier, II, 222, Garnier, Paris, sem data). É comédia representada em Atenas 412 anos antes de Cristo. Assunto do *fabliau LE BORGNE*, bem possível inicial para a rainha redatora. Ainda referências em Joseph Bedier (*Les Fabliaux*, 466-467, Paris, 1895). Essas variantes eram populares e vulgares na Espanha do século XV. Constam do El Corbacho (Sevilha, 1495) do Arcipreste de Talavera (Afonso Martinez de Toledo, 1398-1470) no *Cuento las mujeres embusteras*. Passariam a Portugal e às terras americanas.

Difícil algum livro de contos velhos, medievais ou da Renascença, sem o registo desse episódio que Margarida de Valois ressunscitou.

A versão brasileira mais divulgada é simples. Voltando o marido, a mulher tapa-lhe a vista sadia perguntando, carinhosamente: – "Que é isto, meu filho? Que tens no olho?" O amante consegue sumir-se, intacto. Noutra variante a mulher sopra na vista sã do esposo para curá-la. E dura o sopro até o amante fugir.

Na novela XXIV, tratando-se dos amores platônicos de uma *Royne de Castille* com o cavaleiro Elisor, promete este mostrar a figura de quem ama, a dama mais virtuosa de toda a Cristandade. Manda fazer *un grand mirouer d'acier en façon de hallecret*, pondo-o ao peito, oculto pelo manto frisão. Indo à caça, o namorado desce a rainha de sua montada e fá-la olhar-se no espelho de aço, disposto numa peça de sua brunida armadura. Quando a rainha insiste em ver a dama dos amores de Elisor, o fidalgo lembra o reflexo no espelho. A rainha vira unicamente a ela própria. Elisor explica ter satisfeito o compromisso. Era aquela a doce visão do impossível amor.

Esse processo é usado, não nas estórias, onde nunca o encontrei, mas nos jogos de salão, na artificiosa manobra da declaração de amor de outrora. Anunciava-se mostrar o retrato da menina mais bonita da cidade, a mais graciosa ou futura noiva se ela quisesse. Depois estendia-se um espelhinho de algibeira onde a eleita se reencontrava, lisonjeada. Numa festa na praia de Areia Preta, dezembro de 1933, em benefício da catedral de Natal, uma das atrações para a curiosidade pública, de mais efeito, era a fotografia do rapaz mais elegante e preferido na festividade. Pagavam para ver e, no fundo do salão, envolto em rendas, com o acesso difícil, estava um espelho, denunciando a pilhéria que a todos satisfazia.

Há também o emprego no plano humorístico. Nos diálogos dos artistas Jararaca e Ratinho (José Luís Calasans e Severino Rangel de Carvalho), o segundo diz ter visto na residência do outro o retrato de um cavalo e o primeiro informa não ser fotografia e sim um espelho.

Recordo anteriormente apenas a passagem na *Arcadia* de Sannazaro (Nápoles, 1504), onde o pastor Charino faz uma zagala identificar-se como a favorita mirando-se n'água. Nenhuma semelhança deduzo do Narciso, de Ovídio (*Metamorphoseon*, III, 339-510). A fonte deve ser oral para as versões napolitana e francesa.

A novela XXIX evoca *a vilaige nommé Carreles, enle conté du Maine*, onde havia um rico lavrador, pesado, rústico, casado com *une belle jeune femme* que, não tendo filhos, *se reconforta à avoir plusieurs amys*. Estava com um desses, na ausência marital, quando chega o dono da casa. Oculta-se o hóspede no celeiro, coberto com uma peneira. O lavrador janta copiosamente e adormece ao calor da lareira. O amante, fatigado da posição contrafeita, atreve-se a olhar, estende o corpo, perde o equilíbrio e desaba, com a joeira também. Desperta o marido, e o namorado, recompondo-se, explica-se: – *Mon compere, voylà vostre van, et grand mercis. Et, ce disant, s'enfouyt*. A mulher sossega o marido dizendo que emprestara a joeira, agora restituída. O marido, tranquilo, readormece.

Meu pai (1862-1935) contou-me uma variante na Vila do Triunfo (hoje cidade de Augusto Severo, Rio Grande do Norte) à volta de 1888. Mesma situação. O namorado, sacristão da localidade, trepa-se num jirau onde há um cincho, aro para apertar queijos. O marido, dormindo na rede debaixo do jirau, é despertado pela queda do sacristão que, falando depressa, entrega o cincho que tombara com ele, justificando-se: – "Está aqui o cincho que sua mulher emprestou ao vigário. Ele manda agradecer!" – "Está bem, mas não precisa botar a casa abaixo!", responde o fazendeiro, atônito. O sacristão sai e o marido volta ao sono. Alfredo Russel Wallace regista uma variante, em 1850, no Rio Capim, São José, Amazonas, entre negros. O amante, escondido no teto da choupana, cai, dizendo ao marido da namorada ter vindo do Céu, dando notícias da filhinha do casal, falecida há pouco tempo. Vira-a assentada aos pés da Virgem, "fumando num cachimbo de ouro". O fumo no Paraíso era inferior ao produzido na roça paterna. O marido negro manda entregar ao namorado duas libras de tabaco para que presenteie à filha. E o astucioso amante vai embora (*A Narrative of Travels on the Amazon and Rio Negro*, Londres, Nova Iorque e Melbourne, 1889).

O tema nenhuma coincidência substancial terá com a novela II da *giornata ottava* do *Decameron*, mormente a desfaçatez egoística e cínica do cura de Varlungo, vindo a cobrar à dama Belcolore a prenda com que pagara seus favores.

A novela XXX trata de caso ocorrido no tempo do Rei Luís XII (1462-1515), no país de Languedoc, e a personagem essencial foi dama *de lequelle je tairay le nom pour l'amour de sa race, qui avoit mieulx de quatre mille ducataz de rente*. Bem dizia Lope de Vega que *dineros son calidad*.

É o repugnante incesto entre mãe e filho e pai e filha, inconscientes e fatais como no complexo de Jocasta e Édipo. A dama do Languedoc, viúva, formosa e rica, educava severamente o filho único. Este apaixona-se por uma camareira. A dama, ouvindo a confidência da moça, manda-a dormir noutro aposento e vai deitar-se na câmara da *demoiselle*, esperando a visita amorosa do filho para exprobar-lhe a conduta. Em vez de repreensões, traída pela carne despertada pelo contato másculo, a dama cede ao abraço filial e deixa o leito pela madrugada, cheia de remorsos e de rancor pela inesperada fraqueza. Sentindo-se grávida, manda o filho servir com um parente, o capitão de Montesson, que está às ordens do grão-mestre de Chaumont, Charles d'Amboise. Nasce uma filha, ao mesmo tempo sua neta, e a dama a faz educar por um irmão bastardo sob o maior segredo. A menina cresce e se faz moça, indo viver na corte da rainha de Navarra, Catarina, irmã de Gastão Phebus e casada com Jean d'Albret, rei de Navarra. O filho da dama, terminadas as guerras, recebe ordem materna de só voltar para casa depois de casado. O rapaz conhece a jovem, enamora-se e casa. Ela, filha, irmã, esposa. Ele, pai, irmão, marido. Regressa o casal e a velha senhora desespera de dor e de vergonha. Recebe-os e vai consultar o legado do Papa em Avignon, Louis d'Amboise, Bispo de Albi. O Legado ouve teólogos e aconselha que a velha sofra em silêncio, *car quant à eulx, veu l'ignorance, ilz n'avoient point peché, mais qu'elle en debvoit toute sa vie faire penitence, sans leur en faire ung seul semblant.*

O Prof. Aurélio M. Espinosa ouviu em Llanuces, Astúrias, uma versão idêntica (*Cuentos Populares Españoles*, I, Madrid, 1946):

> Aqui traigo, Padre Santo,
> tres pecados de ignorancia,
> que esta mujer que aqui traigo
> es mujer, hija y hermana.

Esta era una criada que estaba con una señora. El hijo de la señora pretendia la criada y ésta le dijo a la señora: – Señora, yo me marcho mañana porque su hijo me pretende. – Entonces dijo el ama: – Yo me meterá en tu cama. – El hijo se metió en la cama creyendo que era la criada y sacó a su madre embarazada. Parió ella una niña, de la cual al cabo de alguns años el jovem se enamoró, sin saber que era su hija y se casó con ella. Cuando llegó a saber con quien estaba casado se fué a Roma a pedirle perdón al Padre Santo.

O incesto entre irmãos motivara conto tradicional já registado na *Gesta Romanorum* – (nº 81, do *Le Violer des Histoires Romaines*, M. G.

Brunet, Paris, 1858) e sobre o mesmo tema que o poeta alemão Hertmann von Ave dedicou 3752 versos no século XIII. Juan de Timoneda aproveitou na *patraña* V do seu *Patrañuelo* (edição Joan Mey, Valência, 1567).

Há bibliografia amplíssima no assunto. As versões mais populares são: A) – a novela XXX do *Heptaméron* e a tradição de Llanuces, Astúrias. B) – a que fixei em Natal e a de Porto Rico, complexo de Jocasta e Édipo sem a intercorrência de o pai casar-se com a filha, como não se verificou entre Édipo e Antígone, e sim no conto de Llanuces e no *Heptaméron*. C) – o incesto, entre mãe e filho, episódio que se afirmava verídico em Portugal: *O Olho de Vidro, romance histórico*, de Camilo Castelo Branco, Lisboa, 1886; o drama *O Enjeitado* (1900) de H. Castriciano, Natal, e o caso de Marta Bounthau em Paris, reconhecendo no amante Victor Gondor a tatuagem datada de 9 de novembro de 1882 que fizera no braço do filho quando o abandonara à porta da igreja de Saint-Germain d'Auxerre (*A República*, Natal, 30 de julho de 1904). D) – entre irmãos, motivo português do romance *Os Maias*, 1888, de Eça de Queirós.

A variante brasileira é a seguinte:

Uma moça deu à luz uma criança e a mandou educar longe da cidade em que morava, para que ninguém soubesse jamais de sua culpa. O menino cresceu. Fez-se homem e veio visitar a cidade, justamente onde a mãe vivia. O rapaz viu--a, enamorou-se dela e se casou. Meses depois, descansando o marido no colo da esposa, reparou esta numa medalha de ouro, com a efígie de Nossa Senhora da Conceição, lembrança que pusera no pescoço do filho ao separar-se dele. Sentindo-se culpada e não querendo prolongar aquela união sacrílega, contou a história ao esposo, que era, sem saber, seu filho. Este partiu para longe e não houve mais notícias. Depois nascia um filho, batizado com o nome de Tomé, e a mãe mandou oferecer um grande prêmio a quem decifrasse um enigma apresentado na ocasião, pagando multa não explicando. A mulher educou o filho como um príncipe. Foi muito feliz com ele e morreu rica porque ninguém conseguira esclarecer o problema, que era assim:

> Meu filho Tomé
> Que muito me é!
> É filho do meu filho,
> Irmão do meu marido,
> É meu neto e meu cunhado,
> Filho feito sem pecado!

Contou-me esta estória a velha Luísa Freire (1870-1953) em Natal. Publiquei--a com notas nos Contos Tradicionais do Brasil "O Filho Feito sem Pecado" (Rio de Janeiro, 1946; segunda edição, Salvador, Bahia, 1955)[1] e com maior documentação nas Trinta Estórias Brasileiras, Porto, 1955.

No Porto Rico, J. Alden Mason recolheu uma versão incompleta (*Journal of American Folklore*, vol. XXIX, n. CXIV, 1916):

> Tenga, señora, este ramo
> De las manos de este niño,
> Es su hijo, es su nieto,
> Hermano de su marido.

Nasció um niño y muy pequeño lo mandaron a estudiar fuera de la ciudad. El padre murió, quedó la madre, el niño se cambió el nombre, vino a donde estaba la madre, ella lo quiso, se casaron, tuvieron un hijo; cuando nació este niño le pusieron el ramo en una mano.

O Prof. Aurélio M. Espinosa conhecia sete versões de *esta leyenda medieval*, todas espanholas. Há variantes na Itália e na Alemanha, de cuja popularidade atestam o secular poema de von Ave e as análises meticulosas de D'Ancona e Comparetti. O Sr. Michel François, anotando a edição do *Heptaméron,* lembra a existência de epitáfios enigmáticos em certas igrejas no Norte da França, como na colegiada de Écouis, perto de Andelys, significativamente referentes ao episódio incestuoso, fazendo-lhe matiz de veracidade histórica, como afirmava Camilo Castelo Branco em sua versão portuguesa. Os epitáfios franceses dizem:

> Ci-gît l'enfant, ci-gît le père,
> Ci-gît la soeur, ci-gît le frère,
> Ci-gît la femme et le mari,
> Et ne sont que deux corps ici.

> Ci-gît le fils, ci-gît la mère,
> Ci-gît la fille avec le père,
> Ci-gît la souer, ci-gît le frère,
> Ci-gît la femme et le mari,
> Et net sont que trois corps ici.

A fragilidade feminina ainda possui o caso de *Secundus*, de tão larga

---

[1] Edição atual – 13. ed. São Paulo: Global, 2004. (N.E.)

repercussão temática na Idade Média e Renascimento. Secundus, depois de vinte anos de estudo, para comprovar a fraqueza da mulher, consegue uma noite de amor com sua mãe. Admirada esta de sua impassividade, reconhece o filho e suicida-se. Secundus nunca mais falou. Respondia por acenos ou escrevendo. Era o *sábio* de toda-ciência. O semi-incesto emprestava-lhe os valores edípicos. O incesto entre irmão e irmã era motivo popularíssimo e registado na *Gesta Romanorum*, no poema de von Ave, na *patraña* V de Timoneda, versões ao derredor da lenda que envolvia o nascimento do Papa Gregório Magno (540-604, Papa em 590), fábula que o dizia filho de irmãos. Mesmo no *Patrañuelo* de Timoneda há casamento entre mãe e filhos mas não se consuma o matrimônio pela imprevista identificação do novo esposo, como ocorreu em *Secundus*.

No drama de H. Castriciano, *O Enjeitado*, levado à cena em Natal a 10 de julho de 1900, Luciana torna-se amante do filho Artur, noivo de Alda, havida em justas núpcias de Luciana com Gustavo. Este, sabendo-se traído, mata o sedutor da mulher. Sem a justificação da sobrevivência da família, como diziam das filhas de Lot, embriagando o pai para fecundá-las, fundando os moabitas e amonitas (*Gênesis*, XIX, 30-38), houve uma voga prestigiosa do incesto, com seu apogeu na Paris da Regência, sabidas e glosadas as relações de Filipe d'Orleans com a filha, Marie Louise Elisabeth, casada com um neto de Luís XIV, Charles, Duque do Berry. Também a jovem princesa *troivait une volupté à l'avilissement*, deduziu Pierre Gaxotte...[2] Henrique Castriciano (1874-1947), a quem perguntei da origem do seu drama, limitou-se a dizer ser *uma tradição popular* que dramatizara. Era a mesma "tradição", sem o intuito dramático, que a velha Luísa Freire ouvira e contava: a estória do menino Tomé.

Narra Margarida de Navarra, novela XXXIV, que, numa aldeia entre Nyort e Fors, denominada Grip (Deux-Sèvres), dois frades franciscanos, *cordeliers*, vindos de Nyort, chegaram pedindo agasalho na casa de um açougueiro. Acomodados num aposentozinho ao quarto do casal, ouviram, alta noite, o marido dizer à mulher: – *Amanhã cedo vamos ver os nossos franciscanos porque há um deles bem gordo e é preciso matá-lo*. Franciscano, *cordelier*, era no local o nome dado aos porcos. O frade mais nédio, ouvindo a

---

[2] Na *Satyre Ménippée*, Paris, 1594, o Arcebispo de Lyon *Primat Guales*, Pierre d'Espinac, é acusado publicamente de incestuoso. O Duque d'Epernon denunciara-o ao Rei Henrique III. O anotador da edição, Ch. Marcilly, prudentemente avisa: – *Il faut se tenir en garde contre ces bruits*.

ameaça, espavorido, procurava escapar ao seu destino. O companheiro, mais magro, saltou por uma janela e fugiu buscando o castelo do senhor de Fors para denunciar a criminosa premeditação. O frade gordo, depois de muitas tentativas, pulou a janela mas feriu-se numa perna e arrastou-se até a pocilga onde ficou escondido, tremendo de medo. Pela madrugada o açougueiro foi buscar o suíno para matar e deparou-se-lhe o pobre franciscano, pedindo que não o sacrificassem. Tudo foi explicado entre risos e, quando chegou o enviado do senhor de Fors para averiguar da denúncia do outro frade, encontrava-se o gordo *cordelier* já tratado e alimentado, farto e tranquilo.

No Brasil, notadamente pelo Nordeste, desde a Bahia, os franciscanos, capuchinhos, são os missionários tradicionais, conhecidos e familiares às populações do interior, onde preparam as *SANTAS MISSÕES* com linguagem bravia e profunda impressão no espírito popular. Desse contato tantas vezes secular (os franciscanos desde o século XVI e os capuchinhos na centúria imediata) de propaganda cristã, determina-se um ciclo de *estórias de frades*, edificantes ou repulsivas, figurando tipos lascivos, glutões, inescrupulosos, ao lado dos profetas e videntes, de alta moral santificadora, com presença taumatúrgica na imaginação coletiva. É um elemento de prodigiosa sugestão folclórica pela América Central e do Sul, como na Itália, França, Espanha e Portugal, misturados, vivendo a vida do povo, aparecendo indispensavelmente em todo anedotário, melhor e pior. O tema na novela XXXIV viajou da Europa para a América Latina, onde frutificou em hilariantes variedades. Emprega-se sempre a confusão numeral ou alusiva à velhice, gordura, lentidão de um dos frades, desde que não existe entre nós o porco tendo sinônimo de franciscano, *cordelier*.

Dois frades pediram *arrancho* numa fazenda. Foram dormir depois da ceia e ouviram o filho do dono da casa recomendar à mãe: – *Mamãe, Papai manda lembrar que amanhã pela madrugada é preciso matar sem falta um dos dois e que seja o mais velho, que é sempre o mais gordo e tem vivido mais!* Os dois frades, assombrados com a sentença, com mil orações e precauções deixaram o aposento mas foram surpreendidos pelo fazendeiro, que lhes perguntou a razão de tão súbito abandono da hospitalidade. Lívidos, os religiosos confessaram o pavor. Tratava-se de dois grandes porcos cevados e o fazendeiro convidou-os para o almoço de carne fresca de suíno. Os frades aceitaram e acabou-se a estória.

Noutra variante, ouvida em Natal, os dois frades estão ceando na casa do fazendeiro, com este e a mulher, quando chega o filho mais velho. O pai pergunta: – *Que mandou dizer o compadre?* Responde o rapaz: – *Mandou dizer que dos dois matasse um sem falta e que fosse o mais velho, que é o mais gordo e dá mais toucinho.* Os frades pretendem fugir e têm a explicação anterior.

Variante do tema, no plano da confusão numérica, é a facecia *As Orelhas do Abade*, que Teófilo Braga incluiu nos *Contos Tradicionais do Povo Português* (I, n. 117, 218, 1883, Porto), provinda da Ilha de S. Miguel.

O caçador convida o amigo abade para comer duas perdizes. A mulher preparou-as e comeu-as ambas. Chega o abade e a mulher explica que o marido queria apanhá-lo para cortar-lhe as duas orelhas e as perdizes eram pretexto. O abade foge. Nesse momento aparece o caçador a quem a esposa conta que o abade fugira levando as duas perdizes. O homem vai à porta e grita para o fugitivo convidado: – *Ó Senhor abade! Pelo menos uma!...* O abade, supondo-se tratar-se das orelhas, respondia distanciando-se: – *Nem uma e nem duas!...*

Encontra-se, tal e qual, no *Sobremesa y Alivio de Caminantes*, de Juan de Timoneda (*Medicina del Campo*, 1563). O licenciado, a quem a mulher do lavrador dissera que o marido queria cortar-lhe as orelhas, e ao esposo denunciara falsamente que o convidado fugira com as duas perdizes, ouvindo o homem dizer: – *Compadre, a lo menos una!* Respondia sem deter-se na corrida: – *Ni la una ni las dos!* (LI, Buenos Aires, 1944). Dessa variante Teófilo Braga indica bibliografia que não pude verificar se regista o motivo ou apenas aproximações modificadas, como indiferentemente fazia o velho mestre português: *Fabliau des Perdix* (*Recueil de Fabliaux*, 159); *Passa-Tempo de Curiosi*, 22; *Nouveaux Contes à Rire*, 266; *Facetie, Motti et Burle*, de Ch. Zazata, 36; *Contes do Sieur D'Ouville*, II, 225. De minha parte informo que Chauvin, *Bibliographie des Ouvrages Arabes,* VI, 179, indica versões das *Mil e Uma Noites*, com o tema, na série de Bombaim e coleção de Richard Burton, 11, 397. Não conheço versões no Brasil.

A novela XXV conta a estória de uma dama de Pampelune *en l'aage de trente ans, que les femmes ont accoustumé de quieter le nom des belles pour estre nomées saiges*. A dama apaixona-se por um frade pregador franciscano e manda uma carta de amor por um pajem. O menino é surpreendido pelo marido da dama que responde à missiva como se fosse o destinatário. Dias depois a dama convida-o para ir vê-la porque o marido ausentar-se-ia. O marido, autor da troça, pediu emprestado ao próprio frade, ignorante do afeto que despertara, sua túnica com burel. Disfarçou-se convenientemente e correu à entrevista. Com grande decepção da dama, o frade afastou-a com exorcismos e exclamações de pudor, e terminou a cena batendo-lhe fortemente com o bastão que levara. Saiu o marido restituindo o hábito ao inocente frade e foi encontrar a esposa doente, de cama, contundida pela sova. Restabelecida a dama, o marido avisou-a de ter convidado o frade para cear. A mulher repeliu veementemente a ideia, dizendo-o o Anticristo e filho de

Satanás. Veio o frade a cear mas a dama tratou-o como a um demônio, espavorida com sua presença. Desta forma o marido soube simuladamente a paixão da dama e livrou-a, em definitivo, do desvario sexual.

A origem seria um *fabliau*, origem da estória que emigrou para o Brasil. Havia também outro, *Mari que fist sa femme confesse*, com o elemento comum de o marido vestir-se de sacerdote, mas não evitando o adultério. Na Itália existia tema idêntico que Boccaccio utilizou na novela quinta da sétima jornada, do *mercatante* de Rimini, *ricco e di possessioni e di denari assai*, que vive no conto em versos de La Fontaine, *Chevalier confesseur*. Cem anos depois do *Decameron*, Matteo Bandello repetiu o enredo da quadragésima de suas novelas, dando-lhe, como era de costume, feição trágica. A protagonista morre apunhalada pelo marido. Não seria esse o motivo mais divulgado para a ampliação do *fabliau*, no *Heptaméron* e no anonimato da anedota que se tornou corrente e conhecida.

Ainda no século XVIII o Duque de Frias (Bernardino Fernandez de Velasco, 1701-1769) registava uma variante na Espanha, escrevendo no seu *Deleite de la Discreción y Facil Escuela de Agudeza*. A esposa reconhece o marido sentado no confessionário, com hábitos de monge. Afirma a mulher haver-se divertido, na sua ausência, com um fidalgo, um soldado e um frade. Ante a indignação do esposo, furioso com a traição, sossega-o:

Pensabas que no te habia conocido? Ven acá, ignorante, no he estado divertida contigo cuando eras ciudadano, después de soldado y ahora, que eres fraile, lo stoy poco con haberte engañado? Convencido el buen hombre, la pidió perdón, y continuaron en paz la vida maridable (Federico Carlos Sains de Robles, *Cuentos Viejos de la Vieja España*, 596, Madrid, 1943).

Sílvio Romero (1851-1914) ouviu no Rio de Janeiro uma facécia igualíssima à novela XXXV do *Heptaméron*. Não está na edição de 1885 do seu *Contos Populares do Brasil*, impressa em Lisboa com prefácio de Teófilo Braga, e sim na segunda, Rio de Janeiro, 1897. Denominou-a "A Mulher Gaiteira". A *gaiteira* vale dizer demasiado alegre, folgazã, amiga de farsas e de bródio, pouco séria, devotada de ouvir e bailar ao som desse instrumento musical. Sílvio Romero anotou ser *um tema que parece de origem europeia, porém profundamente alterado pelo mestiço*.

A redação de Sílvio Romero é a seguinte:

Havia uma mulher casada e que não tinha filhos. Defronte dela morava um padre, pelo qual a mulher apaixonou-se. Ela chamava-o *Rabo de Galo*, por ele ter os cabelos muito bonitos. O padre não correspondia e nem mesmo sabia de tal paixão. A mulher já não governava mais a casa e só queria estar na janela para ver o padre. Estava já tão douda, que chegava a dizer ao marido: – *Não é bonito* aquele *padre?* O marido fingia não compreender e afirmava o que ela dizia. Não satisfeita de ver o padre só da janela, a mulher não perdia a missa um só dia, a pretexto de ir rezar, e o marido suportando tudo calado. Querendo ver até que ponto chegava aquela mulher, pretextou uma viagem e escondeu-se perto da casa recomendando à negra que lhe fizesse sabedor de tudo o que sua mulher praticasse na sua ausência. Não tardou em que a negra lhe viesse entregar um bilhete que a senhora ia mandar por ela ao padre, no qual pedia lhe uma entrevista à noite, visto o marido não estar em casa. O homem apoderou-se do bilhete, disse à negra que dissesse à senhora que o tinha entregue ao padre, e escreveu, disfarçando a letra, outro bilhete, dizendo ser do padre, aceitando o convite e marcando a hora da dita entrevista. Trouxe a negra o bilhete e deu-o à senhora. Esta não cabia em si de contente, e, à hora marcada, entrou o marido, que se disfarçou no padre, vestido de batina, e com um grande chicote de couro cru escondido. A mulher convidou-o a entrar no quarto para descansar. Aí não teve dúvida: o marido empurrou-lhe o chicote a torto e a direito, ainda fingindo ser o padre e dizendo: –*"Mulher casada, sem-vergonha, como é que seu marido não está em casa, e você manda-me um bilhete convidando-me para vir aqui? Tome juízo!"*, dizia o padre, e empurrava o chicote na mulher. Ela, desesperada, com as bordoadas, dizia: – "Vai-te embora, padre dos diabos, se eu soubesse que tu eras tão mau, não tinha caído nesta. Sai, malvado, tu queres me matar? Basta, não me dês tanto!" O marido, depois que deu-lhe muito, saiu, deixando a mulher quase morta de pancadas. Mudou toda a roupa e veio para casa, fingindo ter chegado da viagem. Perguntou pela mulher e disseram-lhe que ela estava doente. Ele, muito penalizado, perguntou que moléstia era aquela, pois ela a tinha deixado tão boa. Ela respondeu que sentia muitas dores pelo corpo, mas que também não sabia o que era. Mal pôde dizer estas palavras ao marido, e começou logo a gritar, tão forte era o seu sofrimento. Então o marido disse que ela estava muito mal, e que ele ia mandar chamar aquele padre, que morava defronte, para confessá-la. A mulher, ouvindo isto, exclamou: – "Não, marido, por Nossa Senhora, não me mande chamar aquele padre". O marido replicou: – "Pois mulher, você não o acha tão bonito, e como não quer que ele venha lhe confessar?" E, para apreciar bem o efeito da surra, mandou chamar o Padre do *Rabo de Galo*, como a mulher o chamava, e este veio confessá-la, alheio a tudo que se tinha passado. A mulher, assim que foi vendo o padre, foi dizendo: – "Sim, seu diabo, ainda achou pouco a surra que me deu, e ainda se atreve a vir aqui? Sai, diabo, vai-te embora!" O padre ficou espantado, e acreditou que a mulher estava com efeito muito doente, que talvez estivesse com o diabo no corpo, e então benzia-a e dizia: – "Filha, acomoda-te, lembra-te de Deus, que estás para morrer. Eu esconjuro este mau espírito, em nome do Padre, do Filho, e do Espírito Santo. Amém". "Sim, dizia a mulher, eu esconjuro é a surra que me deste." O padre, depois de muita reza, retirou-se, e o marido quase que não podia conter o riso. Passados muitos dias de cama, levantou-se a mulher, curada da grande surra. A primeira cousa que fez foi pregar a janela que dava para a casa do padre com uns grandes pregos bem fortes, o que vendo o marido, disse-lhe que não fizesse aquilo, que aquela janela era para ela se distrair nas horas vagas. Por mais que o marido pedisse, a mulher não foi capaz de deixar de pregar a janela e nunca mais olhou para o padre.

É, com as acomodações locais, a negra escrava em vez do pajem, o chicote de couro cru substituindo *un gross baston*, a sintaxe brasileira e o vocabulário do Rio de Janeiro em fins do século XIX pela linguagem francesa da primeira metade do século XVI, o mesmo episódio, idêntico e completo. Está reeditado no *Folclore Brasileiro*, III, 431-434, Rio de Janeiro, 1954.[3]

Qual teria sido o veículo desse conto até à capital do Império do Brasil? Texto literário ou transmissão oral? Certamente nos veio pela oralidade, através de uma anedota que se divulgou. O *Heptaméron* não teve ainda tradução portuguesa integral e não conheço na língua nacional a novela XXXV. O tema prestar-se-ia admiravelmente ao enredo de um entremez. Houve o motivo vivido no teatro?

A novela XXXVIII do *Heptaméron* conta que em *Tours y avoit une bourgeoise belle et honneste, laquelle pour ses vertuz estoit non seullement aymée, mais craincte et estimée de son mary*. Mas o marido enamorou-se de uma sua rendeira, *mestayere*, e, vez por outra, ia visitar seu amor durante dois e três dias, e quando voltava a *Tours il estoit toujours si morfondu, que sa pauvre femme avoit assez à faire à le guarir*. A dama deliberou verificar pessoalmente o ambiente visitado pelo esposo e lá encontrou desconforto e pobreza. *Incontinant envoia querir ung bon lict, garny de linceux, mante et courtepoincte, selon que son mary l'aymoit; feit accoustrer et tapisser la chambre, lui donna de la vaisselle honneste pour le servir à boyre et à manger; une pippe de bon vin, des dragés et confitures; et pria la mestayere qu'elle nelui renvoiast plus son mary si morfondu*. Quando o senhor veio ver sua rendeira, encontrou o aposento mobiliado agradavelmente, servindo-se vinho em taça de prata e havendo doces e especiarias para restaurar as forças. O marido ficou abalado e confuso com a indulgência e bondade da esposa. Deu dinheiro à rendeira e voltou, em caráter definitivo, para sua mulher, em Tours, onde viveu sereno e sem experiências campestres.

O conto devia ter-se espalhado há muito tempo pela Península Ibérica. Em Portugal, na antiga província de Entre-Douro-e-Minho, resiste o motivo da novela, já considerado uma tradição local, topográfica e individualmente identificada.

O Doutor Joaquim Alberto Pires de Lima (1877-1952), professor da Faculdade de Medicina da Universidade do Porto, no seu *Dobrando o*

---

3 Edição atual – "*Dicionário do Folclore Brasileiro*". 12. ed. São Paulo: Global, 2012. (N.E.)

Cabo Tormentório (Porto, 1948, 179-182), regista o episódio com o título de "A Vingança da Fidalga", com o subtítulo de *lenda minhota*, elemento que autentica a antiguidade do tema no Norte de Portugal.

Localiza-se na Quinta da Carvalheira, em Ruivães, cuja residência atual *substituiu o opulento solar de uma das famílias mais aristocráticas do Reino de Portugal*. A família era poderosa, tão poderosa que o solar tinha direito de homizio. *E muitas vezes ouvi dizer, na minha infância, que os senhores daquela casa tinham o poder de perdoar os crimes a qualquer assassino ou ladrão que conseguisse pôr a mão no portão da Quinta.*

O Prof. J. A. Pires de Lima ouviu a tradição a uma senhora octogenária.

Há muitos anos, vivia o fidalgo na melhor harmonia com sua esposa, que o enchia de felicidade. Mas, um dia, o fidalgo começou a abandonar a casa e a deixar sozinha a esposa, apesar de sua beleza singular e da sua perfeita dignidade. O seu marido foi transviado pelo olhar magnético de uma humilde rapariga que vivia numa cabana da encosta do Monte de S. Miguel-o-Anjo, na pequena freguesia de S. Miguel do Monte, que depois foi anexa a Delães. A esposa atraiçoada, com a sua perspicácia de nobre fidalga, depressa compreendeu o devaneio do marido e logo pensou em vingar-se dele de maneira digna de sua propásia.

Pouco a pouco, soube a esposa enganada que a sua pobre rival vivia em miserável choupana e estremeceu ao pensar que o fidalgo tinha de passar, nas horas e horas que roubava ao seu convívio, metido em miserável casebre. E o seu plano foi tremendo.

Certo dia, em que o fidalgo foi para muito longe, para uma caçada, mandou encher alguns carros de bois com a melhor mobília do palácio e fez seguir a carreada para a choupana habitada pela sua rival.

Os melhores criados do solar foram dispor artisticamente aquele mobiliário tão rico na cabana da amante do fidalgo.

Este, chegando da caçada, depois de breve colóquio com a esposa, partiu para a casa da pobre camponesa, cujo olhar ardente lhe transtornara as ideias. Ao chegar lá, percebeu tudo.

E nunca mais se atreveu a trilhar a casa da sua amante, ao vê-la mobiliada pelo pérfido bom gosto de nobre dama.

A lição foi eficaz e a tranquilidade voltou ao lar dos fidalgos.

Em Lisboa contaram-me da singular condescendência da Rainha D. Maria Pia (1847-1911) pela atriz Rosa Damasceno, amante do marido, o rei D. Luís I (1838-1889), tanto mais incompreensível por tratar-se de uma Savoia, impetuosa, ardente, imperiosa. Raul Brandão (1867-1930) escreve:

A Maria Pia sabia tudo. Um dia deixou no quarto do Paço, onde a Rosa costumava ficar, um lenço de rendas a tapar a fechadura. Às vezes o D. Luís apresentava-lhe joias para ela escolher e depois levava-as à Rosa. E ia com a rainha ao teatro, para que ela visse o efeito das joias no colo da atriz (*Memórias*, I, 131, Lisboa, 1925).

No Brasil velho, notadamente no ciclo da pastorícia, o ciúme das matronas não permitiria essa complacência. As concorrentes eram, sempre que possível, eliminadas a tiros de emboscada. Nas regiões do litoral e cidades corriam lendas com elementos semelhantes às atitudes da burguesa de Tours e da fidalga do Minho. Envio clandestino de móveis, toalhados, perfumes, para o conforto do marido pecador. De uma senhora, esposa de poderoso chefe republicano nas primeiras décadas do século XX em Natal, dizia-se haver mandado o próprio leito de jacarandá para a residência da amásia. Quando o marido perguntou pelo destino da cama, ouviu a resposta sibilina: – "Você não precisa mais dela, nesta casa..."

Não sei se o homem corrigiu-se.

Nem uma, porém, teve a indulgência da Rainha Margot servindo de *sage-femme a demoiselle* de Montmorency-Fosseuse, amante oficial do marido, o futuro Henrique IV. Por isso, falando da burguesa de Tours, resumiu a dama Parlamente que era a própria Margarida de Navarra-Angoulême: – *Voylà une femme sans cueur, sans fiel et sans foie!*

Da novela XLIII sobrevive o elemento da indiscrição masculina. A dama Jambicque, do séquito da Rainha Margarida, dizia-se prudente e austera e a senhora *l'estimant la plus sage et vertueuse damoiselle fui fut poinct de son temps*. Jambicque era o censor intolerante da corte, exigente, meticuloso, severíssimo. Mas chegou a hora do *L'Embarquement pour Cythère* e a dama ascética apaixonou-se por um fidalgo do rei, elegante, audacioso, valente. Pondo *sont touret de nez*, a dama ia encontrá-lo nas galerias cheias de penumbra romântica. A meia-máscara era suficiente para conservar o incógnito aristocrático. Mas o feliz preferido entendeu conhecer a identidade de quem o amava em meia luz discreta. Numa dessas entrevistas *porta avecq luy de la craye, dont, en l'embrassant, luy en feit une marque sur l'espaule, par derrière, sans qu'elle s'en aperceut*. Facilmente, depois, reconheceu na dama Jambicque a namorada ardente e furtiva. Tentando confidência verbal direta, recebeu repulsa de Jambicque, negativa formal e o malfadado impertinente foi distanciado da corte por inconfidente. Brantôme, que sabia todo o caso, revela o nome do desastrado fidalgo. Era um irmão de sua mãe, seu tio François de Vivonne La Châteigneraye, favorito do Delfim (Henrique II) e mais famoso pelo seu duelo infeliz com o Barão Guy Chabot de Jarnac onde sucumbiu em 1547. *C'estoit feu mon oncle de La Chastaigneraye, qui estoit brusq, prompt et un peu vollage,* informa o sobrinho (*Les Dames Galantes, "Deuxième Discours"*). E adianta que o vestido era de veludo negro. A dama viúva, e La Châteigneraye *devoit tous-jours continuer ses coupe et manger sa viande, aussi bien sans chandelle qu'avec tout les flaubeaux de sa chambre.* Castigo bem merecido.

O processo para denunciar a dama misteriosa ocorre num conto etiológico do Brasil, referente à formação da Lua. Melo Morais Filho aproveitou o tema para a sua "Tapera de Lua", incluído em *Mitos e Poemas* (Rio de Janeiro, 1884). Uma indígena na serra do Tapirê ou Acunã, Amazonas, enamora-se do irmão e visita-o durante as trevas da noite. Querendo saber quem era a visitante noturna, o guerreiro mancha-lhe o rosto com o sumo do urucu (*Bixa orelana*) e do jenipapo (*Genipa americana*). Pela manhã, vendo-se n'água do lago, a moça, horrorizada com o incesto, voou para o céu, transformando-se na Lua. O irmão, que a persegue, é o Sol. As manchas selenares são as nódoas do jenipapo e do açafrão. Afonso Arinos escreveu a "Tapera da Lua" em prosa (*Lendas e Tradições Brasileiras,* 2ª ed., Rio de Janeiro, 1937) e Octacilio de Azevedo deu nova redação poética ao motivo (*A Origem da Lua,* S. Paulo, 1960). Franz Boas encontrou o mesmo assunto entre os esquimós do Canadá ("The Eskimo of Baffin Land and Hudson Bay", *Bul. American Museum of Natural History,* vol. 15, 1901). Igualmente existe na Índia Central, narrado pelos Khasi das colinas do Assam (Stith Thompson and Jonas Balys, *The Oral Tales of India,* 13, Bloomington, 1958).

Curioso é ter um gentil-homem de Francisco I preferido recorrer a uma fórmula folclórica e primitiva para o reconhecimento da recatada Jambicque.

A novela XLV narra os amores de um *tapissier* com sua *chambrière* na cidade de Tours. Numa noite em que nevava, o amante levou a camareira para um movimentado folguedo no jardim da residência. Depois de tudo, *advisa savoisine à sa fenestre, don't il fut fort marry.* Despediu a criada e foi despertar a esposa, levando-a *toute en chemise* ao parque, onde repetiu todo o jogo anteriormente executado, *et apres allerent tous deux coucher.* Na manhã seguinte a vizinha encontrou-se com a amiga na igreja e informou o que vira, aconselhando-a a *chasser sa chamberière, et que c'estoit une trés mauvaise et dangereuse garse.* A mulher do tapeceiro desenganou-a de qualquer pecado. *Par ma foy, ma commère, c'estoit moy!* Por mais que a vizinha insistisse nos escabrosos pormenores, a dama assumia a responsabilidade de toda a expansão lúdica. *Car vous scavez que nous debvons complaire à nos mariz!* Restou à vigilante vizinha resignar-se com o equívoco. E tudo seguiu calmamente.

Corre a novela XLV como anedota por todo o Brasil e possuindo representação humana respondendo pela ocorrência. Contam a estória dando nomes reais e contemporâneos. Conheço versões do Rio de Janeiro e do Recife. Evocam como um acontecimento de veracidade indiscutível. Ninguém associa a manha atual ao conto quinhentista da rainha de Navarra. A versão carioca serve de modelo.

O marido passeava de automóvel com a amante e vê numa esquina de Copacabana uma amiga íntima do casal. Deixa a amante num cinema. Roda para casa, convencendo a esposa a vestir-se e vir com ele gozar a tarde que está linda na praia. Guia o automóvel com o braço no ombro da esposa e refaz o itinerário antigo. Na mesma esquina onde a amiga estivera exclama para a mulher: – "Viu fulana? Não? Estava na esquina. Parece que não nos viu!" Dias depois aparece a querida amiga para oferecer o libelo-crime-acusatório. Logo às primeiras denunciações a esposa começa a rir: – "Era eu mesma, querida. Não me reconheceu?" Nem permitia os detalhes: – "Era eu, meu bem. Você pensa que ele não gosta mais de mim?" A outra foi forçada a convir que o marido da amiga era mais esperto do que parecia. E tudo seguiu calmamente.

O motivo, em citação mais remota, consta do *Çukasaptati,* os contos do papagaio, o *Tuti-Nameh,* estórias indianas que se divulgaram numa redação persa de Ziay-ed-Din Nakhchabi, terminada em 1329, e com resumo menos verboso e amplo de Mohammed Qâderi, do século XVII, com várias traduções europeias e acréscimos de fontes orientais, como o *Tuti-Nameh* turco, de Haji Khalfa, que Georg Rosen verteu para o alemão. O assunto, na legitimidade dos elementos expressivos, consta da redação de Nakchabi, quinta novela ("La moglie del bottegaia", *Il Libro dei Sette Savj de Roma,* LXII-LXIII, Pisa, 1864) e conto IX de Mohammed Qâderi *(Touti Nameh ou les Contes du Perroquet,* De la femme d'un paysan, laquelle étant tombée amoureuse de quelqu'un réussit à tromper son propre beau-père, 40-42, tradução de Emile Miller, Paris, 1934).

A mulher do aldeão adormecera com o amante, noite alta, ao pé de uma árvore. O sogro, passando casualmente, reconheceu-a; retirando-lhe dos pés os *khalkhâl,* guardou-os para documentar a infidelidade da nora. Acordando-se, a mulher notou que estava sem os anéis podálicos. Despediu o amante. Foi para casa, despertando o marido, dizendo não ter ainda podido dormir pelo excesso de calor. Convidou-o para refrescar-se sob uma árvore, ao ar livre. O esposo aceitou e os dois deitaram-se onde a mulher estivera antes. Mais tarde, disse ao marido: – "Teu pai passou por aqui e levou meus anéis dos pés pensando que eu dormia. Que quererá ele fazer?" Pela manhã o sogro procurou o filho para denunciar o adultério, exibindo as provas. O filho repeliu a acusação, afirmando que a mulher estivera em sua companhia ao relento e o pai estava enganado. *Lá-lessus lé père fut três honteux de ce qu'il avait fait... Il padre svergognato deve tacere.* E tudo seguiu calmamente.

A novela LII passa-se em Alençon, numa manhã fria de inverno. O *seigneur* de Tirelière e o advogado Anthone Bacheré estão sentados à porta da loja de um boticário. Não são simpáticos ao rapaz da botica, que ouve o fidalgo dizer esperar *quelque bon desjeuner*, mas *que ce fust aux despens d'autruy*. O *valet d'apothicaire* resolve de *leur donner à desjeuner*. Vai a um beco e depara *ung grande estronc toute debout, si gellé, qu'il sembloit ung petit pain de sucre fin*. O rapaz envolve o achado num *beau papier blanc*, esconde-o na manga, passando diante do grupo deixa-o cair como por descuido. O senhor de la Tirelière apanha-o, convence-se de ter encontrado um pão de açúcar e encaminha-se para uma taverna, com um amigo, para saborear o furto, com *bon pain bon vin et bonnes viandes*. Mas o calor desgela a falsa guloseima e o mau cheiro se espalha e com ele a decepção dos dois senhores de Alençon, naquela manhã *qu'il gelloit à pierre fendant*.

O motivo não é apenas uma anedota comum mas um processo atual e vivo no plano das brincadeiras "de mau gosto", pulha aos curiosos aproveitadores dos achados jamais restituídos. Fezes em papel de seda, com fita vistosa, fingindo embrulho de presente, atraem atenções e revela vontades irreprimíveis de furto. Era uma boa pilhéria deixar um desses pacotes tentadores no caminho do mercado e, de longe, ver o açodamento das criadas ocultando o achado nas cestas e bolsas de palha, certas da excelente casualidade que as humilharia depois. É um motivo popular de bom humor e creio na sua existência por toda a parte, repugnante mas provocadora de gargalhadas e recordações hilariantes. Sua contemporaneidade é insofismável e tantos rapazes, mesmo na cidade de Natal, podem confessar a repetição do feito do jovem *valet d'apothicaire* de Alençon.

Esses episódios tinham prestígio de interesse, tanto assim que foram escolhidos como os mais expressivos na quarta década do século XVI. E o foram pela memória de uma princesa letrada e curiosa do que denominamos o *social*, processos múltiplos de ajustamento para convivência humana.

Acresce em sua valorização seletiva o aviso de tratar-se de *veritable histoire*, bem discutível.

Não podemos afirmar ou negar a veracidade dos relatos de *Heptaméron, qui est un gentil livre pour son estoffe,* dizia Montaigne, se pensarmos na conclusão de Arnold van Gennep: – *Jamais le fait réel ne manque.* O fato real poderia ter coincidido com uma ação subsequente sem que afastasse a existência da estória popular anterior e semelhante.

A crítica expositiva salienta a feição moralizante de Margarida de Navarra e que as novelas *composés d'une moralité austére consue à une récit parfaitement licencieux* (Faguet), *donnente d'elle une idée précisémente contraire* (Brunetière). Ou a rainha de Navarra, entre o *amour physique* dos contistas burgueses e o *amour cortoise* dos cavaleiros líricos, notara *la pure passion de l'âme, celle des tragédies de Racine* (Lanson). O máximo de atenção é dado invariavelmente à intenção ética da princesa e nunca à predileção do instrumento da própria comunicação doutrinária, os temas componentes do *livre d'une honnête femme qui veut civiliser les âmes et alfiner les moeurs* (Lanson). Os episódios narrados, deduz Edmond Jaloux, *ne sont que des anecdotes comme il s'en échelonne après diner, mais dites à la perfection.* De igual importância psicológica, no mínimo, será o processo mental dessas escolhas, mais presentes e prontas à invocação. Estórias que possibilitaram, pela potência impulsiva, a transmissibilidade da missão moral.

Tanto assim que é justa e unicamente o *Heptaméron* o livro que sobreviveu.

As novelas de Margarida de Valois não são *invenção* mas *compilação*, como o *Decameron* de Boccaccio, o *Pentamerone* de Giambattista Basile, *Le Piacevoli Notti* de Gianfrancisco Straparola, a *Disciplina Clericalis* de Pedro Afonso ou *El Conde Lucanor* de Dom Juan Manoel.

Naturalmente as variantes brasileiras dos *folkmotifs* registados no *Heptaméron* são todas europeias e vieram pela voz do colono e do emigrante e não na forma impressa. Foram inicialmente *fabliau*, contos, casos, anedotas, tomando as cores locais para o fenômeno da adaptação no espírito dos idiomas onde circulam.

Não é possível calcular o que o *Heptaméron* representa como síntese escrita de tradições orais, vulgares na França do século XVI, mas denunciando vértice de ângulo de temários inumeráveis. Nenhuma sistemática pode estabelecer a total geografia temática ou o regímen das intercomunicações permanentes ou interrompidas presentemente. Interrompidas as sequências, mas vivos os elementos componentes.

As documentações impressas são apenas as ondas mais altas do oceano da literatura oral. Não medem profundidade nem registam extensão. Denunciam, pela insistência da citação, uma "constante" na preferência anônima e coletiva.

A figura da rainha de Navarra estava no pensamento dos escritores do tempo. Dos mais independentes e altivos. Em Portugal, em 1651, escrevia de Lisboa D. Francisco Manuel de Melo:

> Não cansa a minha Margarida de Valois, rainha que foi de França e Navarra. Chamo-lhe minha pela grande afeição que tenho a seus escritos; e porque foi, a meu juízo, a mais discreta mulher de nossos tempos; cujas ações de muitos caluniadas, eu espero brevemente defender no meu Teodósio. Não cansa, digo, esta entendidíssima Senhora de encarecer o bem que lhe pareceu ver desabotoar-se a Condessa de Lalaim, estando à mesa com a própria rainha, a dar de mamar a um filhinho seu, que a seus peitos criava. Gaba a francesa grandemente aquela caseira ação da condessa, e diz: que nunca teve inveja a feito de mulher, como aquele (*Carta de Guia de Casados*).

Esse sentido emocional do "humano", essa valorização do "normal", levou a princesa a eleger seus modelos na tradição oral dos costumes, personalizando os episódios, fixando-os no tempo, localizando-os no espaço. O inextinguível encanto do *Heptaméron* é a possibilidade viva de sua atualização.

5
Motivos Israelitas

> "Le monde civilisé ne compte que des juifs,
> des chrêtiens ou des musulmans."
>
> Renan

O povo ainda vê o judeu pelos olhos quinhentistas. Vê uma figura abstrata, individualizada mentalmente, somando os atributos negativos imputados pela antiguidade acusadora. Não personaliza o cidadão do Estado de Israel e menos ainda o distingue entre os naturais do Oriente. O comum, no meu tempo, era dizê-los *turcos*. A esse judeu de estampa antiga, padronal, típico, funcionalmente desaparecido, associam as imagens bárbaras, vividas na mentalidade de outrora, quando da madrugada histórica do Brasil.

O século XVI fora hostil e cruel na sistemática regressiva ao prestígio judaico. O Tribunal do Santo Ofício instalou-se realmente em 1547, como desejava D. João III de Portugal, tribunal corretor da heterodoxia militante mas sob a égide da coroa, nomeadora dos órgãos executivos, executora das penas de morte nas fogueiras públicas.

Desde antes do século XV estava o hebreu amontoado nas Judiarias privativas e sujas, Alfama em Lisboa, Porta d'Olival no Porto, rodela escarlate ou amarela no peito ou no dorso, *judeu de sinal*, distinto dos outros súditos, ambiado pela desconfiança e zombaria das turbas. Responsabilizavam-no pelas epidemias, terremotos, alagações de rios, incêndios, tempestades, perdas de safras, doenças de gado, moléstias infantis. A multidão invadia os bairros judengos, matando, queimando, destruindo, abatendo todas as idades e sexos, numa explosão incontida de ódio desvairado, dias e dias, como sucedeu, abril de 1506, em Lisboa, um São Bartolomeu espontâneo e feroz, dificilmente contido pela mão do Rei D. Manoel. Quando houve o tremor de terra, em janeiro de 1531, os frades em Santarém pregavam, semeando pavores do Apocalipse. Foi Gil Vicente quem pacificou a terra e as almas. *À primeira pregação, os cristãos-novos desapareceram e andavam morrendo de temor da gente*. Eram culpados pelo terremoto. Matar o judeu era uma maneira de orar, penitenciar-se e agradar a Deus. Processo universal de sublimação interior e consciência dogmática. Minha mãe, incapaz de matar uma galinha, apiedada de todos os sofrimentos alheios, opinando pelo lume do fogão, disse, com a naturalidade das frases feitas, imemoriais e verídicas: – *Tem fogo para assar um judeu!*

A imagem não era criação de minha mãe mas reminiscência instintiva, associando às chamas a figura convulsa do judeu supliciado. Minha mãe era sertaneja e morreu, maior de oitenta anos, ignorando que se queimasse gente viva para salvar-lhe a alma. Mas a frase lhe veio aos lábios porque era uma herança lógica do mecanismo intelectual do passado.

A presença do judeu na corte, físico, astrólogo, financista, conselheiro, não impedia as inopinadas reações coletivas, satisfazendo o rancor atual contra *a raça* de cristãos novos, o povo que teimava em viver, obstinado e prolífero. Atacava-se o homem *da nação*, gente misteriosa e tenaz, acusada de sacrilégios e afrontas à religião a que jurara haver-se convertido.

A situação de apostasia do converso, reincidente nas práticas judaicas, estava notavelmente melhorada pela resolução de 12 de outubro de 1535, em que *são perdoados de todos os crimes de heresia e apostasia da Fé, de qualquer calidade e graveza que sejam*. Estavam prescritos e não podiam ser denunciados senão os posteriores àquela data. A linguagem do *monitório* é bem clara: "Declaramos por essa nossa carta, e dizemos, que dos ditos crimes, e delitos de heresia, e apostasia, que até o dito dia cometerão, nos não venhais dizer, nem notificar, posto caso que os saibais, vísseis ou ouvísseis... "Fora deliberação do Santo Ofício, com o beneplácito de D. João III, o Piedoso. *Judeu é judeu!* Indeformável na integridade da vida interior nas Judiarias, *Judenviertel, Judengasse, Ghetto, Jewry,* poderosos e lôbregos.

> Judeu, dona e homem de coroa, jamais perdoa.
> Judeu pela mercadoria, frade pela hipocrisia.
> Judeus em Páscoas, mouros em bodas, cristãos em
>   pleitos, gastam seus dinheiros.
> Não se ouve judeu comer nem pleito findar.
> Judeu surrado mas lucrado.
> Ouro foge de cristão e persegue judeu.
> Judeu negando, judeu ganhando.
> Com judeu, matar ou concordar.
> Judeu (ou cigano) só não engana a Morte.
> Praga de frade, reza de beata, conversa de judeu,
>   livre-nos Deus!
> De mouro o couro e de judeu o ouro.

O Brasil foi a esperança da salvação vital. Para ele orientava-se a fuga, escapula, evasão dos suspeitos à Santa Inquisição, dos seguidos pelos *familiares* do implacável Tribunal, destinados aos processos seviciadores para a defesa da Fé. Rodolfo Garcia anotou:

O Brasil continuava a ser, e continuou por muito tempo, o refúgio e o lugar de degredo dos cristãos-novos; refúgio para os que podiam da metrópole escapar às malhas do temeroso tribunal, degredo para os que, por culpas leves, saíam por ele penitenciados, esses em menor número do que aqueles. A colônia vastíssima, despoliciada dos zeladores do credo oficial, a uns e outros permitia certa liberdade de ação, e sem receio da repressão imediata, voltavam eles natural e instintivamente às crenças ancestrais.

No Brasil constituíam multidão, participante de todas as posições sociais na administração e no sacerdócio, ofícios humildes e situações decisivas de tratantes de negócios e senhores de engenho, fundamentos da aristocracia rural dominadora.

Em 1617, o cristão-novo Dinis Bravo, rico senhor de engenho no recôncavo da Bahia de Todos os Santos, dizia ao licenciado Melchior de Bragança, o *doutor hebreu*, degradado *pela culpa de hua morte de homem* na cidade do Salvador e que ensinara nas universidades de Alcalá, Salamanca e Coimbra: – *Vós cuidais que todos os que comem porco são cristãos?* Denunciava a clandestinidade ortodoxa e a incontável vastidão dos judeus no Brasil amanhecente.

Sabidamente, o Santo Ofício visitou o Brasil em 1591-1593 na Bahia, 1593-1595 em Pernambuco, 1618-1619 na cidade do Salvador, com os licenciados Heitor Furtado de Mendonça e Marcos Teixeira, Visitadores Apostólicos. Dessa verificação na pureza religiosa foram publicados quatro volumes: *Denunciações da Bahia* (S. Paulo, 1925), *Confissões da Bahia* (Rio de Janeiro, 1925, ambos com estudos de J. Capistrano de Abreu), *Denunciações de Pernambuco* (S. Paulo, 1929), e o *Livro das Denunciações*, referentes a 1618-1619 (Rio de Janeiro, 1936, os dois últimos com introduções de Rodolfo Garcia). Registam os usos e costumes judaicos na quotidianidade brasileira, os essenciais e característicos, capitulados no *Monitório do Inquisidor-Geral*, D. Diogo da Silva, datado de Évora, 18 de novembro de 1536. Era o código orientador das denúncias e confissões, índice da falsa-fé, formulário das delações purificadoras, perigoso ingresso na rede enleadora da casuística inquisitorial.

O *Monitório* manda denunciar ou confessar os objetos suspeitos ao exercício da fé legítima:

Se sabeis ou ouvistes, que algumas pessoas, ou pessoa dos ditos Reinos, e Senhorios de Portugal, ou estantes em eles, sendo cristãos (seguindo ou aprovando os ritos e cerimônicas judaicas) guardaram, ou guardam os sábados em modo e forma judaica, não fazendo, nem trabalhando em eles cousa alguma, vestindo-se e ataviando-se de vestidos, roupas e joias de festa, e adereçando-se e alimpando-se às sextas-feiras ante suas casas, e fazendo de comer às ditas sextas-feiras para o sábado, acendendo e mandando acender nas ditas sextas-feiras à tarde candeeiros limpos com mechas novas mais cedo que os outros dias, deixando-os assim acesos toda a noite, até que eles por si mesmo se apaguem, tudo por honra, observância e guarda do sábado.

Item, se degolam a carne e aves, que hão de comer, à forma e modo judaico, atravessando-lhe a garganta, provando e tentando primeiro o cutelo na unha do dedo da mão, e cobrindo o sangue com terra por cerimônia judaica.

Item, que não comem toucinho, nem lebre, nem coelho, nem aves afogadas, nem enguia, polvo nem congro, nem arraia, nem pescado que não tenha escama, nem outras cousas proibidas ao judeu na lei velha.

Item, se sabem, viram ou ouviram que jejuaram ou jejuam, o jejum maior dos judeus, que cai no mês de setembro, não comendo em todo o dia até noite, que saiam as estrelas, e estando àquele dia do jejum maior, descalços, e comendo àquela noite carne e tijeladas, pedindo perdão uns aos outros.

Outro si, se viram, ou ouviram, ou sabem, alguma pessoa, ou pessoas, jejuaram ou jejuam o jejum da Rainha Ester por cerimônia judaica, e outros jejuns que os judeus soíam e costumavam de fazer, assim como os jejuns das segundas e quintas-feiras de cada semana, não comendo todo o dia, até a noite.

Item, se solenizam ou solenizaram as Páscoas dos judeus, assim como a Páscoa do pão ázimo, e das Cabanas, e a Páscoa do Corno, comendo o pão ázimo na dita Páscoa do pão ázimo, em bacios e escudelas novas, por cerimônia da dita Páscoa, e assim se rezaram ou rezam orações judaicas, assim como são os salmos penitenciais, sem *Glória Patri et Filio et Spiritu Sancto,* e outras orações de judeus, fazendo oração contra a parede, sabadeando, abaixando a cabeça e alevantando-a, à forma e modo judaico, tendo, quando assim rezam, os atafales, que são umas correias atadas nos braços, ou postas sobre a cabeça.

Item, se por morte dalguns ou de algumas, comeram ou comem em mesas baixas, comendo pescado, ovos e azeitonas por amargura, e que estão detrás de porta, por dó, quando algum ou alguma morre, e que banham os defuntos, lhes lançam calções de lenço, amortalhando-os com camisa comprida, pondo-lhe em cima uma mortalha dobrada, à maneira de capa, enterrando-os em terra virgem e em covas muito fundas, chorando-os com suas literias cantando, como fazem os judeus, e pondo-lhes na boca um grão de aljofar ou dinheiro d'ouro ou prata, dizendo que é para pagar a primeira pousada, cortando-lhes as unhas e guardando-as, derramando e mandando derramar água dos cântaros e potes quando algum ou alguma morre, dizendo que as almas dos defuntos se vêm aí banhar, ou que o Anjo percuciente lavou a espada na água.

Item, que lançaram e lançam as noites de S. João Batista, e do Natal, na água dos cântaros e potes, ferros ou pão ou vinho, dizendo que àquelas noites se torna a água em sangue.

Item, se os pais deitam a bênção aos filhos pondo-lhes as mãos sobre a cabeça, abaixando-lhe a mão pelo rosto abaixo sem fazer o sinal da cruz, à forma e modo judaico.

Item, que quando nasceram ou nascem seus filhos se os circuncidam, e lhe puseram ou põem secretamente nomes de judeus.

Item, se depois que batizaram ou batizam seus filhos, lhes raparam ou rapam o óleo e a crisma que lhes puseram quando os batizaram.

O *Monitório* destacava as solenidades religiosas indispensáveis do culto judaico: o jejum-maior, *em que pedem perdão uns aos outros*, é o *IOM KIPUR*, dia da Expiação, *festa do jejum do Gujppur*, para a qual Filipe Cavalcânti vira, em 1553, passar os carros de Olinda, enramados e ruidosos, rumo ao Camaragibe, onde havia uma *esnoga* (sinagoga) frequentada; o jejum da Rainha Ester, *TAANIT ESTHER*; a Páscoa *do pão asmo, PESSACH,* quando comem o pão ázimo e o carneiro assado, antecipador do Êxodo. Salvador da Maia era acusado em 1591 porque se *empascoara com o carneiro pascal*. Cita a festa das Cabanas, Tabernáculos, *SUCOT* e a *Páscoa do Corno, ROSCH HA-SCHANÁ*, quando soa o *schofar*, trombeta de corno de carneiro, anunciando a primeira lua nova do novo ano israelita.

Belchior Fernandes de Basto, evocando 1610-1611, denunciava ao Santo Ofício, na Bahia, haver *muita festa e traquinada* em casa do cristão-novo Simão Nunes de Matos, motivadas pela *toura dos farelos*. Seria a *KHAMISCHÁ ASAR BISCH'VAT,* o ano-novo-das-árvores, o *JEWISH ARBOR DAY* contemporâneo? A *toura* era o nome vulgar da *TORÁ*, o Pentateuco mosaico, escrito em hebraico, pergaminho ou pele de ovelha, enrolado e oculto na Arca. Permitia a sugestão mentirosa de imagens bovinas como ídolos do culto judeu, imaginação que levou às fogueiras muitos reverenciadores dessa falsidade. Facilmente encontrável nas *Denunciações* baianas e pernambucanas as menções às figuras de bois, touro, bezerros, vultos humanos com chifres ou cabeça taurina, apontadas como supremas idolatrias de um povo sem representações materiais da divindade.

A toura, tourinha, tornou-se vulgarmente *bezerra*, na dedução anônima, e João Ribeiro (*Frases Feitas*, I, Rio de Janeiro, 1909) explica nessa origem o *está pensando na morte da bezerra*, com que zombam pessoas inexplicavelmente meditativas e graves. Todos esses usos e costumes, advertidos no *Monitório*, foram comuns e correntes na Bahia e Pernambuco, Itamaracá e Paraíba, e certamente nas *Capitanias de baixo*, da Bahia para o sul.

As famílias da *nasção* guardavam os sábados com os melhores trajes, *joyas de festa*, candeeiros limpos, mecha nova, ardendo a noite inteira, reunindo-se homens e mulheres em conversação amistosa quando não podiam comparecer às *esnogas* famosas em Matoim e Camaragibe, *sabadeando*, como então se dizia. As residências dos cristãos-novos abastados supriam, simbolicamente, a sinagoga, com suas luzes, a veneranda Torá e a salmodia ritmada das orações, vociferadas na exaltação devota. A esse respeito sabático correspondia o desprezo dominical, trabalhando-se despreocupadamente no dia do *Senhor*, pecado referido nas *Denunciações* delatoras. Presentemente o sábado voltou a ser dia de sueto, comércio fechado ao meio-dia e repartições sem função.

Óbvio que a *gente da nasção* cumpria as restrições alimentares, não comendo porco, toucinho, eliminando a gordura da carne, servindo-se de peixe de escama e jamais dos de couro, recusando lebre, coelho e demais animais vetados pela *Ley Velha*. Matavam aves degolando-as e não sangrando-as, escorrendo totalmente o sangue, proibido formalmente aos fiéis descendentes de Abraão (*Levítico*, 11, *Deuteronômio*, 14, 2-21). Cobriam de areia o sangue derramado. Não se deixava nódoa sangrenta na superfície do solo porque o sangue é a alma. A crença ficou no povo. Sangue não deve ficar exposto. Chama quantidade maior... (*Levítico*, 17, 10-16). As orações judaicas são recitadas com acentuado balançamento do busto ou apenas da cabeça, oscilante em vênias ininterruptas. Essa posição denunciava a *raça da nasção* e recomendava-se atentar para sua observância. As orações tradicionais das famílias católicas do interior, os terços, rosários, ladainhas, sussurradas diante dos oratórios de jacarandá, provocavam, pela insistência monótona e sonolenta, o cabecear proibido no *Monitório* de 1536, e era inevitável o reparo das velhas donas: – *Direite a cabeça, menina! Parece um judeu!* Nunca havia visto um judeu orar mas a fama secular atravessava o tempo.

Maomé aprendeu com os judeus de Medina e Meca esse movimento pendular da cabeça no plano vertical para as orações ao Deus clemente e misericordioso. Há no Oriente um lagarto, estelião (*Stellius vulgaris*), que os árabes chamam *hardum* e que desfruta de generalizada antipatia. Quando o encontram no campo ou na cidade, matam-no infalivelmente. É que o *hardum*, de ânimo essencialmente burlador e zombeteiro, diverte-se imitando os movimentos da cabeça dos maometanos, orando nas mesquitas o *raké at*. Aquele balançado do estelião é um desrespeito à pragmática muçulmana. A mesma técnica das nossas amáveis lagartixas.

No preparo das iguarias, o uso abusivo do azeite doce era uma constante israelita. Não empregavam manteiga nem gordura animal. A carne, a galinha, guisadas no óleo, as cebolas cortadas, fritas no óleo e misturadas no alimento, valiam como pregões de judaísmo.

Nas cerimônias lutuosas, a exigência era maior e não a esqueciam. O defunto era lavado, unhas cortadas, embrulhadas, podendo seguir o corpo ou serem ocultas no quintal. Usual era a mortalha de manto ou lençol inteiro, envolvendo todo o cadáver, sem costurar-se mas amarrando-se com atilhos, como vemos nos quadros da ressurreição de Lázaro, modelo que os hebreus haviam trazido do Egito. Assim Jesus Cristo fora envolto por José de Arimateia (*Mateus*, 27, 59; *Marcos*, 15, 46; *Lucas*, 23, 53; *João*, 19, 40). Para as mulheres, vestiam as longas camisas brancas. Nos homens, para iludir a vigilância suspicaz do Santo Ofício, envergavam um hábito de S. Francisco em cima do traje que o costume sagrara. Não podia acompanhar o corpo nenhum objeto metálico. Agulhas, alfinetes, a cruz dos terços, depois os dentes obturados a ouro, eram retirados, respeito que veio às primeiras décadas do século XX. Os oficiais eram enterrados com as fardas sem botões dourados. Dedos sem anéis, para defuntos e defuntas. Sapatos sem pregos, ou sandálias de feltro, pano grosso, ou embrulhados os pés numa toalha. Muitos desses pormenores constituem usos brasileiros. O lençol, vestidura fúnebre, cobrindo inteiramente o cadáver, inclusive a cabeça, foi uma tradição respeitada nos sertões e mesmo nas cidades. O sábio Oswaldo Cruz, falecido em 1917, amortalhou-se dessa forma.

O pano da mortalha devia ser aproveitado totalmente. Nenhum retalho podia ser-lhe cortado. *Furtava-se ao morto*, e ele voltaria para exigir o débito. Impunha-se, com o falecimento de parentes próximos, uma abstinência de carne, notadamente *fresca*, frutas e doces. Peixe n'água e sal, pirão de farinha sem cheiros, broas, ovos duros, azeitonas para os europeus. Durava uma semana. Pouco ou raro vinho. Nenhuma gulodice. Não havia naquela época o café, e o chá era bebida de enfermos. Ainda alcancei o preceito de não comer *carne verde* antes da missa de Sétimo Dia, e subsequente *visita de cova*. Os enlutados serviam-se em mesas baixas, onde tocassem o solo com a mão. Refeição silenciosa ou quase muda. A viúva comia sentada no chão limpo, arregaçando a saia e pondo as nádegas nuas no contato da terra ou tijolos, por humildade e preito saudoso. Algumas deixavam de dormir em cama. Mesmo as mais ricas ficavam o dia inteiro sentadas e vezes costumavam repousar nos estrados, de palmo e meio a dois palmos de altura, sem alcatifa ou tapete. As de exigência maior escolhiam colocar o estrado detrás das portas, *escondendo-se do povo*.

A refeição no solo sem forro levou muita gente ao sambenito e pública exposição degradatória nos autos de fé. Ficou, entretanto, a homenagem: comer no chão limpo por penitência em favor do morto. Cerimônia mais feminina que masculina, preferindo os homens as mesas baixas, também determinantes de prisão, e carocha à porta das igrejas, com pregão do judiciário eclesiástico. André Lopes Ulhoa foi denunciado, preso e remetido para Lisboa, onde abjurou *de levi,* por ter feito suas refeições, durante seis meses, sobre uma caixa-da-índia, baixa, em lugar da mesa, e recebera as visitas, que foram apresentar-lhe as condolências pela morte de uma tia querida, sentado numa alcatifa, no chão, desprezando a cadeira. Comer no *chão limpo* ainda reside no Brasil sertanejo, em raros mas expressivos testemunhos antigos, em lembrança oblacional a um morto. Tenho exemplos na minha família.

Não mudar a camisa, não fazer a barba e cortar os cabelos, não tomar banho durante determinado tempo penitencial, é uso no Oriente e os romanos, já no tempo do Imperador Augusto, praticavam, assim como os portugueses. Os judeus conheciam como tradição popular e não ordenação legal. Os nazarenos São Judas Tadeu e Santo Onofre foram modelos clássicos. Era objeto de comentário, na Bahia dos finais do século XVI, mas ainda reaparece, como *promessa,* vez por vez, entre o povo brasileiro. Depois de vestir o *hirâm,* o traje de peregrinação a Meca, o muçulmano não mais toma banho, apara os cabelos, barbeia-se ou corta as unhas.

Lembro que a Princesa Isabel d'Áustria (1566-1633), quando o marido, Alberto d'Áustria, ex-Cardeal que assinou a carta creditória da primeira Visitação do Santo Ofício ao Brasil, cercava Ostende, em 1601, jurou mudar a camisa quando a praça fosse rendida. Ostende resistiu três anos. A ilustre filha do Rei Filipe II d'Espanha denominou a cor *isabelle,* tonalidade da camisa de Sua Alteza em 1604. Em agosto de 1591, na Bahia, Isabel Serram, cristã-velha, casada e analfabeta, denunciava ao Santo Ofício:

... e também ouvio dizer geralmente a muitas pessoas que não lhe lembra averá dous anos pouco mais ou menos que Violante Antunes cristã-nova, filha do dito Heitor Antunes, despois que morreu seu marido Diogo Vaz, com nojo nunca mais mudou a camisa e não queria comer e se deixou morrer no dito lugar de Matoim.

Parece-me exemplo menos político e mais sentimental que a sujeira patriótica da princesa em Ostende. O juramento é antigo na espécie. Heródoto (*Terpsicore,* CVI) conta ter o milesiano Histieo prometido a Dario não mudar a túnica, que vestiria para marchar à Jônia, até que dominasse a Sardenha.

Pôr uma moeda na boca do morto, óbulo de Caronte, desapareceu no Brasil. Fora comuníssimo em Portugal. Há uma denúncia contra Simão

Nunes de Matos ter praticado o ato, pondo uma moeda de ouro na boca do defunto Gaspar Dias de Moura, que se sepultou com ela na Igreja do Carmo na Bahia, à volta de 1613. Derramar toda a água contida nas jarras, potes e cântaros quando alguém falecia, foi um dever de uso vulgar, abundantemente citado em todas as *Denunciações*. Constituiu o mais comum dos hábitos judaicos, evitando que utilizassem água em que o Anjo da Morte lavara a espada. A superstição espalhada e popular, registada no *Monitório*, é que as almas dos defuntos vinham banhar-se no líquido. E algumas mais burlonas, urinar, conspurcando-a. A crendice continua, explicando-se que o espírito do morto, enquanto o corpo estiver exposto no velório, não abandonará o recinto e bebe a água guardada nos recipientes caseiros. Esgotá-la é livrar a família de ingerir o *sobejo de defunto*, contaminando-se mortalmente. O Rev. Rosalino da Costa Lima, pastor evangélico em Gravatá, Pernambuco, permitiu-se a leitura do seu *Superstições e Crendices,* então inédito, onde informa: – *Quando morre uma pessoa, costuma-se jogar fora toda a água das vasilhas, para que a alma não se utilize dela tomando banho... e fazendo das suas.* Adolfo Coelho e J. Leite de Vasconcelos registaram semelhantemente em Portugal, Paul Sebillot pela França. É o aviso do *Monitório* em novembro de 1536.

Retirado do cadáver para o cemitério, renova-se a provisão de água. Antes, bebe-se água enviada pelos vizinhos. Todas as vasilhas devem voltar cheias. Alguma vazia seria agouro para quem chefiasse a família enlutada. Isabel Antunes, confessando, em fevereiro de 1592, na Bahia, disse que sua mãe, Violante Antunes, aconselhava que *não era bom, quando levavam um pote para buscar água fora de casa, tornarem com ele para casa vazio.* Não mudou a suspeita na segunda metade do século XX. O pote vazio atrai a penúria.

O popular velório, *quarto, guarda, sentinela*, a vigília fúnebre durante a noite, não recorda influência israelita e sim portuguesa, com elementos mouros e negros, fiel aos costumes do canto lutuoso, como as *excelências,* entoadas junto ao defunto, são reminiscências das *nêmias,* arrastadas, lentas, em meia-voz lúgubre. O *vocero* siciliano, a lamentação convulsa, ululada, furiosa, com boa vulgarização na Europa, Itália, Grécia, Balcãs não é o choro mercenário e gritante das carpideiras profissionais, que o Portugal velho conheceu e exportou, nos elementos típicos, para o Brasil, onde resistiu até finais do século XIX, sendo proibido em Portugal desde 1385. O *vocero* é uma presença oriental, notadamente moura, e que os ciganos empregaram no Brasil. Como percorreram todo o imenso território nacional, deixaram, aqui e além, uma lembrança da estridente homenagem ao morto. Os judeus eram, historicamente, mais comedidos, moderados e compostos ante seus defuntos queridos, embora com lamentações ruidosas e gesticulação exagerada. Partilhavam do rito das exéquias relativamente mais silenciosas e meditativas. Bem possivelmente fosse outra herança dos quatrocentos anos de convivência egípcia. O judeu desejava sempre enterrar-se em *terra virgem*, onde ninguém o houvesse antecedido. Mesmo os sepulcros coletivos jamais compreendiam, no Oriente, mais de um depósito em cada canto, exceto para os amantes infelizes. Os hebreus combatiam a exumação como heresia à individualidade mortuária. A imponência das pirâmides, significando apenas um túmulo, valia o dogma do morto-sagrado, intocável nos direitos de permanência interminável, guardado pelas maldições assombrosas ao profanador. O jazigo em terra virgem era uma garantia de pureza material. Assim Abraão guardara o corpo de Sara na cova de Machpele, terra dos filhos de Heth em Canaã. Descrevendo o sepultamento de Jesus Cristo, três dos evangelistas salientam tratar-se de um *sepulcro novo, em que ainda ninguém havia sido posto* (*Mateus*, 27, 60; *Lucas*, 23, 53; *João*, 19, 41). Esse pedido insistente, recomendado nas últimas vontades expressas pelo moribundo, era fielmente atendido por onde os judeus residissem. Pelo Brasil, no documentário do Santo Ofício, os exemplos foram numerosos. Inumados em terra virgem, a família opunha obstinada resistência para uma trasladação. As campas eram sinônimos de eternidade. Ana Roiz, viúva de Heitor Antunes, não consentiu que retirassem os ossos do marido das ruínas da ermida em que fora enterrado. Transferiu-se o culto religioso mas não os restos mortais do cristão-novo, da *raça dos Macabeus,* na Bahia.

Essa tradição não se dissipou no Brasil. Os sepultamentos na mesma cova sempre ocorrem entre marido e mulher. O estilo é lado a lado, nos túmulos próximos. A terra virgem ainda se acusa preferencial nos aforamentos para as capelas mortuárias, onde cada membro da família terá o seu lugar reservado, num inalterável repouso, através dos tempos. O túmulo próprio era uma afirmativa tranquila do sono eterno. Daí a batalha angustiada por uma sepultura, motivo de todos os trabalhos na vida de escravos gregos e romanos, e pela Idade Média (*Dante Alighieri e a Tradição Popular no Brasil*, "O Morto sem Túmulo", Pontifícia Universidade Católica do Rio Grande do Sul, Porto Alegre, 1963).[1]

---

[1] Edição atual – 2. ed. Natal: Fundação José Augusto, 1979. (N.E.)

O diplomata e historiador Oliveira Lima (1867-1928), no seu testamento, Lisboa, outubro de 1923, decidira:

Determino que meu corpo descanse onde ocorrer meu falecimento, sepultado, ou cremado, de preferência, se minha religião o não vedar, sendo adquirida pela minha herdeira, isto é, por minha mulher, ou, na falta desta, pela Universidade (Católica da América), uma concessão perpétua em campa rasa, a mais modesta possível, e *não sendo em caso algum os meus restos objeto de transporte post-mortem.*

E ficou no cemitério de Mount Olivet, em Washington, *ad perpetuitatem.*

Acreditavam os judeus que na noite de S. João e Natal as águas tivessem misterioso poder. As datas eram católicas mas deveriam coincidir com tradições antiquíssimas, do Egito ou Babilônia, mantidas na memória daquele povo espantoso. Lançavam pão ou vinho às águas, afirmando-as tornar-se em sangue. Significaria uma oferta. Persiste a superstição de essas águas revelarem o futuro, na série de *adivinhações* do São João, recebidas de Portugal, estudadas no *Anúbis e Outros Ensaios* (XXVI, Rio de Janeiro, 1951).[2] Em Portugal, na meia-noite de certo dia do ano, as águas dos rios são sangue vivo.

A bênção patriarcal, impondo as mãos sobre a cabeça do abençoado, registava-se no *Monitório* como ofensiva à ortodoxia católica. Em 1591, Antônio de Oliveira denunciava a tia Violante Roiz que lhe *pôs a mão na cabeça, nomeando Abraão.* A velha Ana Roiz, que seria queimada pelo Santo Ofício em Lisboa, confessou: *Quando lança a bênção a seus netos, dizendo a bênção de Deus e minha te cubra, lhes põem a mão estendida sobre a cabeça depois que lhe acaba de lançar a bênção.* Não havia o sinal da cruz. É a forma imutável na família israelita. O poeta Mistral, em 1859, jantando em Paris com o banqueiro Moisés Millaud, fundador do *Petit Journal,* viu-o, no final da refeição, *s'incliner devant son père qui, lui imposant les mains à la façon des patriarches, lui donna sa bénediction.* Assim Jacó abençoara José e seus filhos no Egito (*Gênesis,* 48, 14, 17). A imposição da mão conservou-se no cerimonial do diaconato católico, quando o bispo põe a mão direita (mão de bênção e do anel episcopal) na cabeça do ordinando: *Accipe Spiritum Sanctum!* Identicamente, na ordenação do presbítero e o mesmo na sagração dos bispos, sagrante e seus assistentes pondo a mão na cabeça do novo prelado: *Recebei o Espírito Santo!* É a transmissão da graça sacramental da Ordem.

---

2 Edição atual – *"Superstição no Brasil".* 5. ed. São Paulo: Global, 2002. (N.E.)

Os sete primeiros diáconos em Jerusalém foram sagrados pela imposição das mãos dos apóstolos (*Atos*, 6, 6). Ficou sendo a imagem popular da aprovação. Gil Vicente, *Farsa dos Físicos*, 1519, recorda:

> Sobre vos pongo la mano
> Como diz el Evangelio.

Uma reminiscência dessa bênção judaica é a frase ainda contemporânea no Brasil: – *passar a mão pela cabeça*, desculpar, perdoar, revelar, concordar, enfim, abençoar, absolvendo os pecados e culpas. *Passou-lhe a mão pela cabeça* vale dizer, tornou-o inculpado. No *Purgatório* (XXXI, 101), Matelda, a *belle donna*, leva Dante Alighieri para o banho no Rio Letes, extinguindo-lhe a recordação, abraçando-o pela cabeça, *abbracciommi la testa e mi sommerse...*

Vemos comumente entre pessoas do povo o gesto de beijar a própria mão como homenagem ao interlocutor. Ainda em maio de 1965, um garçom do Bar Potengi, em Natal, saudou-me dessa maneira. Nas capelas pelo interior do Nordeste, presenciei as mulheres humildes lançarem o braço na direção do altar e depois oscular o dorso da mão numa reverência. Qualquer viajante lembrar-se-á ter visto essa curiosa vênia por todo o litoral da África do Mediterrâneo, do Marrocos ao Egito. Não a vi em Portugal ou na Espanha nem a deparei no Velho Testamento. Deverá, logicamente, existir na Península Ibérica.

Luís Álvares, na cidade do Salvador, à volta de 1616, narrava aos comensais, Melchior de Bragança e Manoel Roiz Sanches, suas impressões duma sinagoga visitada em Flandres: "Ao entrar na sinagoga lavavam as mãos e punham a mão na testa e então beijavam a mesma mão..." O Doutor Melchior de Bragança, que era marroquino, informou que *as mesmas cerimônicas faziam os judeus em Berberia*. Parece-me estabelecido o vínculo originário da saudação e quem a trouxe para o Brasil.

Há uma frase vulgar no vocabulário brasileiro: – *lamba as unhas*, valendo dizer, conforme-se com o possuído, dê as graças por não participar do caso, alegre-se de não estar envolvido, considere-se feliz. Isabel Davilla, denunciando em novembro de 1591, noticiava: "Vio mais a dita Mecia Roiz, que tem por costume, quando ouve dizer alguma pessoa que outra alguma mulher teve roim parto, lamber com a boca as unhas dos dedos de entrambas as mãos, e isto lhe vio fazer por muitas vezes, e perguntando-lhe a razão por que o fazia, não respondeu nada". É um gesto de exorcismo popular judeu. Não mais repetem o ato mas a frase ficou, demonstrando a intenção acauteladora.

Pesquisei as superstições da vassoura (*Superstições e Costumes*, Rio de Janeiro, 1958),[3] Roma, Idade Média, dispersão feiticeira pela Europa e América, até o Brasil, onde há uma Nossa Senhora da Vassoura, no Maranhão. As abusões, tão divulgadas e milenares, dificilmente serão identificadas na geografia das fontes.

Ana Roiz, fevereiro de 1592, na Bahia, explicava que sua comadre Inês Roiz lhe ensinara, em 1558, em Portugal, *que não era bom a vassoura com que varriam a casa emprestá-la a nenhuma vizinha para varrer*. Diogo Batista, setembro de 1618, denunciava que Francisco Ribeiro, senhor de engenho *e não tem narizes, mandava varrer as casas de noite da porta para dentro*. Os denunciados eram cristãos-novos. Varrer *para fora*, "varre a felicidade". D. Francisco Manoel de Melo registou em *Visita das Fontes* (Lisboa, 1657). São crendices popularíssimas no Brasil.

No Brasil, o judeu, não estando segregado nas Judiarias, normalmente casando com cristã-velha, não se distinguia na massa populacional. Era vigário, ouvidor, membro da governança, oficial, mercador, mestre-escola, dono de engenho, relacionado com todas as classes e participando de todas.

Com judeus,
Livre-nos Deus!

Aplicar-se-ia a um outro tipo de homem, historicamente adversário, diferenciado das demais criaturas humanas e normais. Não chegava a ser o cristão-novo que se acusava e era acusador na mesa confidencial do Santo Ofício, sem que repercutisse diminuição afetuosa na convivência. Nem mesmo os penitenciados nas exibições públicas nos adros das igrejas sofreram perturbações na continuidade cordial dos amigos, vizinhos e compadres. Um vocabulário agressivo e feroz dirigia-se ao outro judeu, existente nas citações retóricas, escapação natural dos ódios surdos inominados. *Judeu* era o onzenário, agiota, impiedoso, insensível, sádico, perverso, cruel. *Judiaria*, malvadeza, sadismo, perversidade. *Judiar*, maltratar, fazer sofrer, mutilar, seviciar, torturar. Moraes diz *judiar*, escarnecer; *judaria*, covardia. *Judiaria*, mofa, escárnio acintoso, zombaria, em Portugal. Na Espanha, *judiada é acción inhumana, lucro excesivo*; *judio, voz de desprecio y cólera*. Essas acepções últimas não são correntes na sinonímia brasi-

---

[3] Edição atual – "*Superstição no Brasil*". 5. ed. São Paulo: Global, 2002. (N.E.)

leira, como em Portugal e Espanha. No Brasil, figuravam nas irmandades e confrarias juízes de festas aos oragos. Belchior Luís, senhor do engenho "Jabotão", vendo passar a charola de Nossa Senhora sem que fosse ajudá-la, explicou que os *mordomos erão huns judeus que crucificarão ho filho e agora querem festejar a mãi*. Mas esse cristão-velho afirmava que a *imagem da Senhora era hun madeiro que elle não podia carregar*, e tanto acreditava *nas missas do padre Antônio André e do padre Francisco Pinto Doutel como em hum pau que erão amancebados!* Era assim a ortodoxia popular do século XVI.

Mas, onde não estava o judeu? D. Frei Joseph de S. Joseph Queiroz, 4º Bispo do Grão-Pará, escreveu ter o Marquês de Castelo Rodrigo mandado imprimir em Roma a *Nobiliarquia* do Conde de Barcelos, filho do Rei D. Dinis, *só para suprimir aquilo de Rui Capão, judeu de quem descende muita fidalguia portuguesa*.

> Quem não assiste
> Missa do galo,
> Ou é judeu
> Ou é cavalo!

Mas não havia ausência nas missas solenes e nas comemorações votivas. O *judeu* era outro, distante da frequência social nas Capitanias do Brasil. A única divisão notória, palpitando nos registos da vida comunitária paroquial, a lei de 25 de maio de 1773 anulou, mandando examinar todos os livros das misericórdias, irmandades, confrarias e corporações, castigando *os autores de quaisquer notas maliciosas postas para fazer diferença de cristãos-novos e cristãos-velhos, riscando-se os artigos dos compromissos ou estatutos que mandarem proceder as inquirições de limpeza de sangue* etc. As informações utilizadas datam de 1591 a 1619. Provinham das regiões mais povoadas e ricas do Brasil, na opulência da produção açucareira, atraindo os assaltos holandeses de 1624 e 1630.

O século XVII seria, especialmente na primeira metade, a fase de atração judia para Pernambuco, capital do Brasil Holandês, até janeiro de 1654. Teria vindo um possível milhar, moscas famintas do mel tropical. Tínhamos o judeu semianalfabeto, astuto e móbil, mas desprovido de recurso letrado. Para o Recife enxameou-se o elemento intelectual, os rabinos explicadores e mestres, os poetas e escritores hebreus, não somente dos Países Baixos mas da Alemanha e Balcãs, especialmente da Polônia, ao lado da massa para a labutação servil. Sob o Conde Nassau, as sinagogas funcionavam no

Recife como em Amsterdam. Não fora despiciendo o volume das famílias israelitas emigradas, conduzindo um patrimônio mais puro e mais vasto de preceitos bíblicos e de preconceitos populares entre o povo da Diáspora. Feitores de engenhos, fiscais de impostos, soldados e marinheiros, rendeiros, mercadores, tiveram maior campo de expansão influencial. As crendices foram ratificadas, dispersas e ampliadas pelo Nordeste porque a Geoctroyerd Westindische Companie governava do Maranhão a Sergipe. E a transmissão oral, irresistível, seria muito mais poderosa e penetrante que a deduzível pelo contato direto, por todo o país. Pode-se afirmar da superstição o que Ales Hrdlicka disse da migração humana: – *Man does not migrate like birds – he spreads*. Os judeus pobres não emigraram para as Antilhas levando as técnicas açucareiras, como seus irmãos abastados. Nem fora objeto de castigo sua presença ao lado do invasor. Nas capitulações da rendição, em janeiro de 1654, facultou-se a permanência israelita, obedecendo e acatando as leis portuguesas, o que sempre prometiam.

Compreende-se que o judeu tenha ficado em Pernambuco e aproveitado o desenvolvimento do Recife para traficar. Comércio intermediário e não indústria produtora. O Coronel Adriaen van der Dussen, num relatório de 1639, referente às Capitanias conquistadas pelos holandeses, informa:

> Os judeus que emigraram e que se ocupam com agricultura ou compraram engenhos são poucos; os demais dão-se ao comércio e a maioria deles mora no bairro do Recife e souberam dominar todo o movimento de negócios.

Nas sedes urbanas algumas ruas tomaram seu nome: *RUA DOS JUDEUS*, no Recife, hoje do *BOM JESUS*, e no período batavo dita *RUA DO BODE*, ou seja, *BOCKESTRAET*. Bode, bode-velho, era apelido do judeu idoso, apodo vindo de Portugal (Gil Vicente, *Auto da Barca do Inferno*, 1517).

O século XVIII, ouro, diamantes, importação da escravaria africana, intercâmbio comercial, daria clima animador às atividades semitas. O judeu ficou nas Companhias de Navegação e Comércio, açúcar, algodão, plantas medicinais, mercado de *peças* negras. Não é crível ausência israelita entre os *mascates*. Não apenas presença mas força social quando o Recife tornou-se opulento, resistindo e vencendo a aristrocacia de Olinda, os *nobres*, senhores de engenho, coronéis de ordenanças e morgados.

Inarredáveis num regímen de incrível poupança, abstêmis, frugais, renunciando ao conforto, afastados do luxo dos trajes e das festas pródigas, emprestavam os *recursos*, financiando as safras, recebendo as colheitas em pagamento, guardando-as no fundo dos armazéns escuros, regulando o mercado pela provocação da *procura*, explicada na retenção misteriosa dos produtos. Criaram e divulgaram a *carta de crédito*, o *pague ao portador*, assegurando a circulação fiduciária, as primeiras *promissórias*, com datas preventivas, os *devo que pagarei*, o câmbio das divisas estrangeiras, o troco miúdo das moedas de ouro.

Transformaram o dinheiro em mercadoria e não mais simples e convencional instrumento aquisitivo de utilidades. Garantia pessoal de poder ocultar as *posses* quando outrora não o poderiam fazer com a *fazenda*. Deram à moeda o valor que pertencia aos imóveis, ao gado, produção, escravaria, reduzíveis às espécies metálicas e unicamente calculados na base relativa ao metal com a efígie do rei ou brasão estatal.

Até certo ponto, no Brasil pastoril e açucareiro, foi uma democratização do capital. Os escravos inicialmente tudo obtinham com os frutos dos pequeninos roçados. Raramente viam uma moeda. Depois, recebiam em moeda quanto vendiam.

Antigamente o milho, o feijão, a macaxeira, o jerimum eram permutados nas vendinhas por cachaça, carne assada, peixe frito. Mesmo as formas de açúcar, furtadas da casa-grande. Quando o escravo teve a moedinha na mão, pôde escolher o vendedor, debater o preço, valorizar a predileção pessoal. Essa divulgação da moeda foi um teimoso e lento trabalho judaico. *Dineros son calidad*, diria Lope de Vega.

Ao contrário do indígena, que preferia ser pago em espécies, rapidamente consumidas, o escravo negro decidiu-se pela moeda, tendo a impressão econômica da reserva, jamais sentida pelo ameraba, sempre dependente, acima do tempo e da previsão. As técnicas de resguardo, então iniciadas, estabelecem a diferenciação total: o indígena deixa os "pertences" expostos, metidos nos jiraus e frestas do telhado; o negro esconde numa caixa fechada, chave em lugar incerto. Comprara o baú, o depósito das riquezas. O baú sugeria a incessante aquisição do recheio para enchê-lo. O indígena ignorou o baú...

Não devemos, evidentemente, limitar às *Denunciações da Bahia e Pernambuco* as fontes da irradiação supersticiosa judaica no Brasil. Tínhamos outras zonas demográficas no sul, as terras fluminenses farfalhantes de canaviais, o imenso São Paulo, o mundo das Minas Gerais. As "caçadas" e autos de fé aos judeus nas *CAPITANIAS DE BAIXO* ocorrem justamente na era dos setecentos.

A ascensão econômica ao derredor do Rio de Janeiro atraíra o judeu e lá o envolvera a rede infalível do Santo Ofício. É arrastado pelo ouro, tornando-se, aos olhos alheios, a flecha indicadora das farturas.

Havia um incessante desembarque de israelitas na imensidade territorial, possibilitando apreciável colaboração ao nascente folclore. O domínio castelhano em Portugal, com a unidade administrativa que anulava as fronteiras e dissolvia os ciúmes regionalistas, facilitara no século XVII o acesso dos judeus-espanhóis ao Brasil, com viagem dificilmente autorizada mas abundantemente clandestina. Jamais será possível precisar o número dos que vieram e como conseguiram vir. Notadamente sob D. João V e D. José, em Portugal, e da atormentada Espanha, do último Habsburgo e dos primeiros Bourbons.

Uma influência notória explica a repulsa popular em comer carne dos animais encontrados mortos. *Não comais de nenhum animal morto por si*, advertia o *Deuteronômio*, 14, 21. Maomé repetira a interdição aos muçulmanos (*Alcorão*, XVI, 116). Falando dos *Deres* ou *Farazes*, que são os *párias* na Índia, Garcia de Orta, bom sangue de Israel, escrevia em Goa, à volta de 1562: – "E há em cada povoação huma gente desprezada e avorrecida de todos, e não se tocam com outros; e estes *comem tudo, e as cousas mortas*" (*Colóquios dos Simples e Drogas da Índia,* LIV), denunciando a surpresa pela nauseante refeição, indicativa da mais incontestável inferioridade. As demais castas indianas não participavam dessa tolerância.

No Brasil, para os raros insubmissos, a degustação era mais comum nas proximidades urbanas, mantendo-se firme a recusa entre os habitantes do campo, defesa instintiva de higiene e precaução, esquecia a raiz dogmática inicial. *Aproveitar* a carne de animal de morte inexplicada, nem toda a população sertaneja praticava. *Come até bicho morto!* era uma acusação humilhadora para os desobedientes da tradição formal. Enterrava-se o achado. Foi o costume no sertão nordestino do meu tempo, 1909-1915.

Os indígenas brasileiros e os povos da África negra, sudaneses e bantos não maometanos, desprezam esses escrúpulos. As pequenas e grandes peças de caça deparadas sem vida são motivos de jubiloso repasto, disputadas até às derradeiras parcelas. Não foram eles, certamente, os padrinhos da aversão.

O instinto utilitário do sertanejo excepcionava o gado bovino. Não deixava a carne para pasto dos urubus mas a fazia chegar aos moradores mais pobres para que *aproveitassem*. Esses salgavam-na, secavam ao sol, transformando-a em "carne do sertão", e iam vendê-las nas feiras. Cumpriam o preceito do *Deuteronômio*, 14, 21: – *Não comais de nenhum animal morto por si. Dá-o para que o coma ou vende-o ao peregrino...* Este teria a isenção do interdito.

Onde o exemplo judeu falhou foi no obstar o uso da carne de porco, delícia do paladar brasileiro, em todas as classes. A maioria dos cristãos-novos acabou adaptando-se e saborendo-a, sem que julgasse abandonada a fidelidade à *LEY VELHA*. Era o argumento do senhor de engenho Dinis Bravo, em 1617: – *Vós cuidais que todos os que comem porco são cristãos?* É que o porco era anterior ao judeu em Portugal.

Iavé proibira a carne de porco (*Levítico*, 11, 7-8; *Deuteronômio*, 14, 8). Nem poderiam tocar a carne morta. *Este vos será imundo...* A proibição veio quando os hebreus atravessavam o deserto, vindos do Egito, onde tinham vivido 430 anos (*Êxodo*, 12, 40). A proibição veio de lá. Pelo *Gênesis* não se fala em porco entre os alimentos, comuns ou recusados, de Israel. E a existência da criação porcina denunciava utilização lógica.

No Egito, o porco sofria idêntica restrição. Não o comiam. Era abominável (Heródoto, *Euterpe*, XLVII). Quem o roçasse deveria arrojar-se no Nilo, com todos os vestidos, para purificar-se. O porqueiro não entrava num templo e só poderia casar-se com as filhas dos companheiros de profissão. Uma vez por ano, numa noite de plenilúnio, os egípcios imolavam um porco à Lua e a Dionísio. Nessa ocasião comiam a carne suína. A cauda, a pata, o redenho, a gordura dos intestinos, jogavam às chamas. O resto constituía refeição. Os pobres que não possuíssem um porco deveriam oferecer aos deuses um simulacro, feito de pasta, na sagrada intenção. Era assim no Egito.

No tempo do profeta Isaías (século V antes de Cristo), os judeus realizavam às ocultas uma cerimônia onde consumiam a carne porcina. *Assentando-se junto às sepulturas, e passando as noites junto aos lugares secretos; comendo carne de porco, e caldo de coisas abomináveis nos seus vasos*, clamava, indignado, o profeta (65, 4). Manducavam também a carne do rato (66, 17), igualmente defesa no *Levítico* (11, 29). Isaías ameaçava-os: – *Serão consumidos!* A tradição egípcia ainda estava muito viva. Depois, desapareceu. Nenhum outro profeta deparou o festim sacrílego, com ratos e porcos. Se os egípcios transmitiram aos judeus a repugnância religiosa ao porco, os israelitas deram aos muçulmanos a mesma suspeição. A proibição de Maomé (*Alcorão*, Suratas, II, 168; V, 4; XVI, 116) originara-se da convivência judaica em Medina e Meca. Durante muitos anos o rumo simbólico das orações nas mesquitas não se orientava para a Caaba em Meca, mas o *mihrab* estava voltado para Jerusalém.

Quando o português veio para o Brasil, vivera mais de dois mil anos de uso e regalado abuso da carne de porco. Caçou-o nas montarias serranas e depois criou-o nas pocilgas. Era o assado inteiro, o lombo, o pernil suculento, as costeletas, e também o chouriço, linguiças, presuntos, morcelas, além das peças conservadas no fumeiro das lareiras. Trouxe o porco e suas técnicas de aproveitamento para o Brasil. Porcos, bácoros, capados, leitões, tiveram cuidados e aplicações culinárias incessantes e meticulosas. É de larga criação, como vemos no rol de compras do Engenho Sergipe do Conde, 1622-1653, no recôncavo da Bahia (*Documentos para a História do Açúcar*, II, ed. Instituto do Açúcar e do Álcool, Rio de Janeiro, 1956). Em vez de repeli-lo pelas razões de previsão profilática, o porco era alimento para velhos e doentes, aconselhado e disputado. O Padre José de Anchieta, na *Informação da Província do Brasil* (dezembro de 1585, na Bahia), escreveu:

> Os doentes comem galinha e carne de porco, que nesta terra todo o ano é melhor que galinha em saudável e gosto; porém os que são mais fracos e velhos padecem algo porque galinhas e porcos não os há para tantos e a vaca lhes faz mal.

O porco do Natal era indispensável na festa tradicional portuguesa, substituído pelo peru no Brasil, mas integrado no passado lusitano, tendo incomparável sabor nas mesas do Norte europeu. Por toda a Europa, enfim. Na Alemanha, ter um porco, *Ich habe schwein*, vale dizer "estou com sorte". O judeu-alemão não podia competir com esse prestígio. O porco ainda é amuleto contemporâneo e figurado nos monumentos antiquíssimos de Portugal, vestígios de cultos proto-históricos como a Porca de Murça.

No Brasil, pela força do uso português, popular e milenar, o porco instalou-se na preferência nacional, apesar de se afirmá-lo indigesto, pesado, perigoso na lentidão digestiva.

O judeu de *sinal* e homem da *raça mourisca*, com a face ferrada, não se divulgaram no Brasil. A descendência de ambos os povos foi constantemente confundida. Judeu e mouro terminaram sendo judeu-mouro, uma entidade. A observação do Santo Ofício não alcançava as distinções intransponíveis de Moisés e Maomé. Eram religiões sem angústia especulativa e a fiscalização teológica exercia-se nos atos exteriores do culto. O *Monitório* de 1536 estava muito parcimoniosamente informado. Alude apenas ao jejum do Ramadã, abluções antes das rezas, orar descalços, guardar as sextas-feiras, ostentando trajes decentes e limpos, não comer carne de porco e não beber vinho.

Os mouriscos nunca foram em número sensível nem possuíram nível econômico autorizador de exercício religioso, como ocorria ao cristão--novo. A presença moura no Brasil foi mais etnográfica que antropológica. Jamais foram acusados nas visitações do Santo Ofício.

É possível identificar-lhes a projeção nas superstições e cultura popular, mas não constituíram motivo histórico e impulso movimentador de momentos sociais, como o israelita, quinhentista e seiscentista, reagindo contra a unidade religiosa pela sobrevivência de sua fé, e contra a continuidade política, aliando-se ao holandês invasor.

No final do século XVII não se ouve falar em mourisco. Estavam assimilados pela população.

No correr dos séculos XVIII e XIX, o judeu dissolveu-se no sangue nacional, pelo casamento cristão, pelo abrandamento temperamental, pela ausência de motivos exasperadores de sua fé e modos. Acima de tudo, pela conquista social nas áreas econômicas. Não se tornou, porém, um quisto, mas um afluente de tranquila e perene colaboração humana. Em Minas Gerais, conta-nos Augusto de Lima Júnior, *chegaram a constituir povoados, verdadeiros guetos, que ainda hoje se reconhecem por não terem capelas em suas ruínas* (*A Capitania das Minas Gerais*, Lisboa, 1940). Mas estavam em todos os postos, profissões, famílias, atividades. Informa o mesmo historiador:

Deixaram, entretanto, os judeus portugueses muitos hábitos enraizados em Minas e entre eles a prática geral, que lhes é devida, de abaterem o gado para consumo sangrando-o inteiramente, como preliminar na matança. Esse gênero de comércio ficou em mãos de judeus e seus descendentes até nossos dias.

O judeu e o mourisco vieram para o Brasil em plena vigência do "quinto livro" das *Ordenações do Reino*, as *Filipinas* (Lisboa, 1603), como antes eram as *Afonsinas*. Mas não lhes foram aplicadas as determinações do art. 94:

Os mouros e judeus, que em nossos Reinos andarem com nossa licença, assi livres, como captivos, trarão sinal, per que sejão conhecidos, convém a saber, os judeus carapuça, ou chapéu amarelo, e os mouros huma lua de pano vermelho de quatro dedos, cosida no hombro direito na capa e no pelote.

Ficaram, aos olhos do povo, indeterminados, irmanados pela suspeita de heresia que pouco a pouco desaparecia no convívio. A tradição supersticiosa confundiu-se na impressão portuguesa, mesmo na Metrópole. Não se sabia bem o que era judeu e o que era mouro. Um letrado como Filinto Elísio (1734-1819) não distinguia as origens temáticas de crendices de origem romana, arrumando-as no patrimônio "semita" comum:

Dizem as nossas velhas que o vinho entornado é agouro de festa e de alegria; como o é de perda e de desgraça o derramamento de sal na mesa. *Estas boas superstições lhes vêm de mouros e judeus*, com muitas que fora longo referir, e mais longo ainda de arrancar.

A história religiosa do povo judeu é um equilíbrio instável entre o fidelismo mosaico e a sedução dos cultos estrangeiros. Nem escapou o Rei Salomão, o mais sábio dos soberanos, esquecido de Iavé e queimando incenso aos ídolos amonitas, sidônios e moabitas. Essa disponibilidade crédula explica a versatilidade do cristão-novo, em raro cristão ou judeu íntegros, participando de ambos os preceitos e recebendo a colaboração anônima de todos os pavores ambientais. Foram sempre devotos do Mistério. A vitalidade judaica, na essência espiritual, possuirá mais esse fundamento para sua contemporaneidade sadia. *Enquanto tiverdes mistério, tereis saúde*, disse Chesterton. Sem abandonar totalmente a sombra trovejante do Sinai, o judeu caminha sempre, através de todas as soluções sobrenaturais. Não há religião que não tenha um "santo" judeu no seu calendário.

Esse ecumenismo instintivo estabelece a igualdade dos níveis da percepção psicológica. As heterodoxias judaicas são fatalmente populares.

J. Lúcio de Azevedo (*História dos Cristãos-Novos Portugueses*, 485, Lisboa, 1922) divulga uma oração da cristã-nova Brites Henriques, presa no Santo Ofício em Lisboa, assim começando:

> Bendita la luz del dia,
> El Señor que la envia...

O eminente etnógrafo português Augusto César Pires de Lima (1883--1959) recordava seu avô materno rezar invariavelmente uma oração, transmitida a todos os filhos, e que era aquela da pobre Brites Henriques:

> Bendita seja a luz do dia,
> Bendito seja quem la cria...

Essa faculdade judaica para o sobrenatural fê-lo embaixador das ciências ocultas, disputando com o mouro os segredos astrológicos, conselheiros dos reis, em Espanha, Portugal, França, poderosos porque sabiam os roteiros marcados pelas estrelas e planetas basilando o destino dos homens. Judeus e mouros afirmaram-se herdeiros legítimos da Caldeia e do Egito e a técnica, exercida com ademanes reservados e graves, seduziu soberanos e pontífices.

Uma razão íntima era a "intuição" do judeu, denunciando-lhe contorno quando ignoravam dimensões exatas. Um pouco da fórmula do velho Satanás de Lord Byron: – *I settle all these things by intuition...*

A maior habilidade foi embrulhar estrelas e planetas com o manto da Divina Providência. Ainda as *Constituições Sinodais do Arcebispado de Braga* (1639), modelo para as subsequentes portuguesas e brasileiras, excluíam da proibição e da *graveza dos delitos* a Astrologia Natural *que se chama*

Astronomia, incluindo a Judiciária, pois *será lícito a qualquer pessoa, pelas influências, e constelações dos Céus, pelas estações ou movimento dos astros, suas conjunções, e aspectos, conjecturar os efeitos futuros...* como também não era defeso *levantar figura pelos astros, e aspectos dos planetas, e constelações sobre nascimento das pessoas,* ciência envolvente e confusa, que continua nossa conterrânea, na imperturbável credulidade coletiva.

Mouros e judeus foram os irresistíveis semeadores dessas flores murchas e sempre odorosas do mistério oriental.

Tão dessemelhantes, judeus e mouros, criaram a figura prestigiosa, impenetrável e discreta, do "doutor mágico", sabendo todas as coisas e falando todas as línguas.

Não se admitia, antigamente, que o judeu letrado não manejasse a lingua árabe. Em novembro de 1492, na ilha de Cuba, Dom Cristóbal Colón enviou a primeira expedição pesquisadora para o interior insular, procurando terras e vestígio do Gran Khan; dois indígenas e dois europeus, um deles, Luís de Torres, que *habia sido judio y sabia hebraico y caldeo, y aun, diz que, arábigo*, conta o Padre Bartolomé de Las Casas (*História de las Índias*, XLV).

Aquele *habia sido judio*, dito por um bispo, castelhano e teólogo, elementos que se multiplicam em virulência analítica, explica um pouco por que, fatalmente, nas cortes de Espanha e Portugal, havia uma Hexalfa salomônica ou um Crescente mouro, pisando os mesmos tapetes do Santo Ofício.

Os motivos israelitas, fundamentais, circulando na cultura popular brasileira, datam do século XVI.

Quando o brasileiro nascia...

Bibliografia de Luís da Câmara Cascudo

LIVROS

Década de 1920

Alma patrícia. (Crítica literária)
Natal: Atelier Typ. M. Victorino, 1921. 189p.
Edição atual – 2. ed. Mossoró: ESAM, 1991. Coleção Mossoroense, série C, v. 743. 189p.

Histórias que o tempo leva... (Da História do Rio Grande do Norte)
São Paulo: Monteiro Lobato & Co., 1924. 236p.
Edição atual – Mossoró: ESAM, 1991. Coleção Mossoroense, série C, v. 757. 236p.

Joio. (Páginas de literatura e crítica)
Natal: Off. Graf. d'A Imprensa, 1924. 176p.
Edição atual – 2. ed. Mossoró: ESAM, 1991. Coleção Mossoroense, série C, v. 749. 176p.

López do Paraguay.
Natal: Typ. d'A República, 1927. 114p.
Edição atual – 2. ed. Mossoró: ESAM, 1995. Coleção Mossoroense, série C, v. 855. 114p.

Década de 1930

O homem americano e seus temas. (Tentativa de síntese)
Natal: Imprensa Oficial, 1933. 71p.
Edição atual – 2. ed. Mossoró: ESAM, 1992. 71p.

O Conde d'Eu.
São Paulo: Companhia Editora Nacional, 1933. Brasiliana, 11. 166p.

Viajando o sertão.
   Natal: Imprensa Oficial, 1934. 52p.
   Edição atual – 4. ed. São Paulo: Global, 2009. 102p.

Em memória de Stradelli (1852-1926).
   Manaus: Livraria Clássica, 1936. 115p.
   Edição atual – 3. ed. revista. Manaus: Editora Valer e Governo do Estado do Amazonas, 2001. 132p.

O Doutor Barata – político, democrata e jornalista.
   Bahia: Imprensa Oficial do Estado, 1938. 68p.

O Marquês de Olinda e seu tempo (1793-1870).
   São Paulo: Editora Nacional, 1938. Brasiliana, 107. 348p.

Governo do Rio Grande do Norte. (Cronologia dos capitães-mores, presidentes provinciais, governadores republicanos e interventores federais, de 1897 a 1939)
   Natal: Livraria Cosmopolita, 1939. 234p.
   Edição atual – Mossoró: ESAM, 1989. Coleção Mossoroense, série C, v. DXXVI.

Vaqueiros e cantadores. (Folclore poético do sertão de Pernambuco, Paraíba, Rio Grande do Norte e Ceará)
   Porto Alegre: Globo, 1939. Biblioteca de investigação e cultura. 274p.
   Edição atual – São Paulo: Global, 2005. 357p.

Década de 1940

Informação de História e Etnografia.
   Recife: Of. de Renda, Priori & Cia., 1940. 211p.
   Edição atual – Mossoró: ESAM, 1991. Coleção Mossoroense, série C, v. I-II. 211p.

Antologia do folclore brasileiro.
   São Paulo: Livraria Martins, 1944. 2v. 502p.
   Edição atual – 9. ed. São Paulo: Global, 2003. v. 1. 323p.
   Edição atual – 6. ed. São Paulo: Global, 2003. v. 2. 333p.

Os melhores contos populares de Portugal. Seleção e estudo.
   Rio de Janeiro: Dois Mundos Editora, 1944. Coleção Clássicos e Contemporâneos, 16. 277p.

Lendas Brasileiras. (21 Histórias criadas pela imaginação de nosso povo)
Rio de Janeiro: Leo Jerônimo Schidrowitz, 1945. Confraria dos Bibliófilos Brasileiros Cattleya Alba. 89p.
Edição atual – 9. ed. São Paulo: Global, 2005. 168p.

Contos tradicionais do Brasil. (Confronto e notas)
Rio de Janeiro: Americ-Edit, 1946. Col. Joaquim Nabuco, 8. 405p.
Edição atual – 13. ed. São Paulo: Global, 2004. 318p.

Geografia dos mitos brasileiros.
Rio de Janeiro: Livraria José Olympio Editora, 1947. Coleção Documentos Brasileiros, v. 52. 467p.
Edição atual – 5. ed. São Paulo: Global, 2022. 400p.

História da Cidade do Natal.
Natal: Edição da Prefeitura Municipal, 1947. 411p.
Edição atual – 4. ed. Natal, RN: EDUFRN, 2010. 692p. Coleção História Potiguar.

O homem de espanto.
Natal: Galhardo, 1947. 204p.

Os holandeses no Rio Grande do Norte.
Natal: Editora do Departamento de Educação, 1949. 72p.

Década de 1950

Anúbis e outros ensaios: mitologia e folclore.
Rio de Janeiro: Edições O Cruzeiro, 1951. 281p.
Edição atual – 2. ed. Rio de Janeiro: FUNARTE/INF: Achiamé; Natal: UFRN, 1983. 224p.

Meleagro: depoimento e pesquisa sobre a magia branca no Brasil.
Rio de Janeiro: Livraria Agir Editora, 1951. 196p.
Edição atual – 2. ed. Rio de Janeiro: Livraria Agir Editora, 1978. 208p.

História da Imperatriz Porcina. (Crônica de uma novela do século XVI, popular em Portugal e Brasil)
Lisboa: Edições de Álvaro Pinto, Revista Ocidente, 1952. 83p.

Literatura Oral no Brasil.
Rio de Janeiro: José Olympio Editora, 1952. Coleção Documentos Brasileiros, v. 6 da História da Literatura Brasileira. 465p.
Edição Atual – 2. ed. São Paulo: Global, 2006. 480p.

Em Sergipe d'El Rey.
Aracaju: Edição do Movimento Cultural de Sergipe, 1953. 106p.

Cinco livros do povo: introdução ao estudo da novelística no Brasil.
Rio de Janeiro: José Olympio Editora, 1953. Coleção Documentos Brasileiros, v. 72. 449p.
Edição Atual – 3. ed. (fac-similada). João Pessoa: Editora Universitária UFPB, 1994. 449p.

Antologia de Pedro Velho de Albuquerque Maranhão.
Natal: Departamento de Imprensa, 1954. 250p.

Dicionário do Folclore Brasileiro.
Rio de Janeiro: Instituto Nacional do Livro, 1954. 660p.
Edição atual – 12. ed. São Paulo: Global, 2012. 756p.

História de um homem: João Severiano da Câmara.
Natal: Departamento de Imprensa, 1954. 138p.

Contos de encantamento.
Salvador: Editora Progresso, 1954. 124p.

Contos exemplares.
Salvador: Editora Progresso, 1954. 91p.

História do Rio Grande do Norte.
Rio de Janeiro: Ministério da Educação e Cultura, Serviço de Documentação, 1955. 524p.
Edição atual – Natal: Fundação José Augusto/Rio de Janeiro: Achiamé, 1984. 529p.

Notas e documentos para a História de Mossoró.
Natal: Departamento de Imprensa, 1955. Coleção Mossoroense, série C, 2.254p.
Edição atual – 5. ed. Mossoró: Fundação Vingt-un Rosado, 2010. 300p. Coleção Mossoroense, série C, v. 1.571.

Notícia histórica do município de Santana do Matos.
Natal: Departamento de Imprensa, 1955. 139p.

Trinta "estórias" brasileiras.
Lisboa: Editora Portucalense, 1955. 170p.

Geografia do Brasil holandês.
Rio de Janeiro: José Olympio Editora, 1956. Coleção Doc. Bras., v. 79. 303p.

Tradições populares da pecuária nordestina.
Rio de Janeiro: Serviço de Documentação Agrícola, 1956. Brasil. Doc. Vida Rural, 9. 78p.

Vida de Pedro Velho.
Natal: Departamento de Imprensa, 1956. 140p.
Edição atual – Natal: EDUFRN – Editora da UFRN, 2008. 170p. Coleção Câmara Cascudo: memória e biografias.

Jangada: uma pesquisa etnográfica.
Rio de Janeiro: Ministério da Educação e Cultura, Serviço de Documentação, 1957. Coleção Vida Brasileira. 181p.
Edição atual – 2. ed. São Paulo: Global, 2002. 170p.

Jangadeiros.
Rio de Janeiro: Serviço de Documentação Agrícola, 1957. Brasil. Doc. Vida Rural, 11. 60p.

Superstições e costumes. (Pesquisas e notas de etnografia brasileira)
Rio de Janeiro: Antunes, 1958. 260p.

Canto de muro: romance de costumes.
Rio de Janeiro: José Olympio Editora, 1959. 266p.
Edição atual – 4. ed. São Paulo: Global, 2006. 230p.

Rede de dormir: uma pesquisa etnográfica.
Rio de Janeiro: Ministério da Educação e Cultura, Serviço de Documentação, 1959. Coleção Vida Brasileira, 16. 242p.
Edição atual – 2. ed. São Paulo: Global, 2003. 231p.

DÉCADA DE 1960

Ateneu norte-rio-grandense: pesquisa e notas para sua história.
Natal: Imprensa Oficial do Rio Grande do Norte, 1961. Coleção Juvenal Lamartine. 65p.

Vida breve de Auta de Souza, 1876-1901.
Recife: Imprensa Oficial, 1961. 156p.
Edição atual – Natal: EDUFRN – Editora da UFRN, 2008. 196p. Coleção Câmara Cascudo: memória e biografias.

Grande fabulário de Portugal e do Brasil. [Autores: Câmara Cascudo e Vieira de Almeida]
Lisboa: Fólio Edições Artísticas, 1961. 2v.

Dante Alighieri e a tradição popular no Brasil.
Porto Alegre: Pontifícia Universidade Católica do Rio Grande do Sul, 1963. 326p.
Edição atual – 2. ed. Natal: Fundação José Augusto, 1979. 326p.

Motivos da literatura oral da França no Brasil.
Recife: [s.ed.], 1964. 66p.

Dois ensaios de História: A intencionalidade do descobrimento do Brasil. O mais antigo marco de posse.
Natal: Imprensa Universitária do Rio Grande do Norte, 1965. 83p.

História da República no Rio Grande do Norte. Da propaganda à primeira eleição direta para governador.
Rio de Janeiro: Edições do Val, 1965. 306p.

Nosso amigo Castriciano, 1874-1947: reminiscências e notas.
Recife: Imprensa Universitária, 1965. 258p.
Edição atual – Natal: EDUFRN – Editora da UFRN, 2008. Coleção Câmara Cascudo: memória e biografias.

Made in Africa. (Pesquisas e notas)
Rio de Janeiro: Editora Civilização Brasileira, 1965. Perspectivas do Homem, 3. 193p.
Edição atual – 2. ed. São Paulo: Global, 2002. 185p.

Flor de romances trágicos.
Rio de Janeiro: Livraria Editora Cátedra, 1966. 188p.
Edição atual – Natal: Fundação José Augusto/Rio de Janeiro: Cátedra, 1982. 189p.

Voz de Nessus.
João Pessoa: Departamento Cultural da UFPB, 1966. 108p.

Folclore do Brasil. (Pesquisas e notas)
   Rio de Janeiro: Fundo de Cultura, 1967. 258p.
   Edição atual – 3. ed. São Paulo. Global, 2012. 232p.

Jerônimo Rosado (1861-1930): uma ação brasileira na província.
   Rio de Janeiro: Editora Pongetti, 1967. 220p.

Mouros, franceses e judeus (Três presenças no Brasil).
   Rio de Janeiro: Editora Letras e Artes, 1967. 154p.
   Edição atual – 3. ed. São Paulo: Global, 2001. 111p.

História da alimentação no Brasil.
   São Paulo: Companhia Editora Nacional, v. 1, 1967. 396p.; v. 2, 1968. 539p.
   Edição atual – 4. ed. São Paulo: Global, 2011. 954p.

Coisas que o povo diz.
   Rio de Janeiro: Edições Bloch, 1968. 206p.
   Edição atual – 2. ed. São Paulo: Global, 2009. 155p.

Nomes da Terra: história, geografia e toponímia do Rio Grande do Norte.
   Natal: Fundação José Augusto, 1968. 321p.
   Edição atual – Natal: Sebo Vermelho Edições, 2002. 321p.

O tempo e eu: confidências e proposições.
   Natal: Imprensa Universitária, 1968. 338p.
   Edição atual – Natal: EDUFRN – Editora da UFRN, 2008. Coleção Câmara Cascudo: memória.

Prelúdio da cachaça. (Etnografia, História e Sociologia da aguardente do Brasil)
   Rio de Janeiro: Instituto do Açúcar e do Álcool, 1968. 98p.
   Edição atual – 2. ed. São Paulo: Global, 2006. 86p.

Pequeno manual do doente aprendiz: notas e maginações.
   Natal: Imprensa Universitária, 1969. 109p.
   Edição atual – 3. ed. Natal: EDUFRN, 2010. 108p. Coleção Câmara Cascudo: memória.

A vaquejada nordestina e sua origem.
   Recife: Instituto Joaquim Nabuco de Pesquisas Sociais – IJNPS/MEC, 969. 60p.

Década de 1970

Gente viva.
 Recife: Universidade Federal de Pernambuco, 1970. 189p.
 Edição atual – 2. ed. Natal: EDUFRN, 2010. 222p. Coleção Câmara Cascudo: memória.

Locuções tradicionais no Brasil.
 Recife: Editora Universitária, 1970. 237p.
 Edição atual – 2. ed. São Paulo: Global, 2004. 332p.

Ensaios de Etnografia Brasileira: pesquisa na cultura popular do Brasil.
 Rio de Janeiro: Instituto Nacional do Livro (INL), 1971. 194p.

Na ronda do tempo. (Diário de 1969)
 Natal: Universitária, 1971. 168p.
 Edição atual – 3. ed. Natal: EDUFRN, 2010. 198p. Coleção Câmara Cascudo: memória.

Sociologia do açúcar: pesquisa e dedução.
 Rio de Janeiro: MIC, Serviço de Documentação do Instituto do Açúcar e do Álcool, 1971. Coleção Canavieira, 5. 478p.
 Edição atual – 2. ed. São Paulo: Global, 2020. 296p.

Tradição, ciência do povo: pesquisas na cultura popular do Brasil.
 São Paulo: Editora Perspectiva, 1971. 195p.
 Edição atual – 2. ed. São Paulo: Global, 2012. 168p.

Ontem: maginações e notas de um professor de província.
 Natal: Editora Universitária, 1972. 257p.
 Edição atual – 3. ed. Natal: EDUFRN, 2010. 254p. Coleção Câmara Cascudo: memória.

Uma história da Assembleia Legislativa do Rio Grande do Norte: conclusões, pesquisas e documentários.
 Natal: Fundação José Augusto, 1972. 487p.

Civilização e cultura: pesquisas e notas de etnografia geral.
 Rio de Janeiro: José Olympio, 1973. 2v. 741p.
 Edição atual – São Paulo: Global, 2004. 726p.

Movimento da Independência no Rio Grande do Norte.
 Natal: Fundação José Augusto, 1973. 165p.

Prelúdio e fuga do real.
Natal: Fundação José Augusto, 1974. 384p.

Religião no povo.
João Pessoa: Imprensa Universitária, 1974. 194p.
Edição atual – 2. ed. São Paulo: Global, 2011. 187p.

O livro das velhas figuras.
Natal: Edições do IHGRN, Fundação José Augusto, 1974. v. 1. 156p.

Folclore.
Recife: Secretaria de Educação e Cultura, 1975. 62p.

O livro das velhas figuras.
Natal: Edições do IHGRN, Fundação José Augusto, 1976. v. 2. 170p.

História dos nossos gestos: uma pesquisa na mímica no Brasil.
São Paulo: Edições Melhoramentos, 1976. 252p.
Edição atual – 2. ed. São Paulo: Global, 2004. 277p.

O livro das velhas figuras.
Natal: Edições do IHGRN, Fundação José Augusto, 1977. v. 3. 152p.

O Príncipe Maximiliano de Wied-Neuwied no Brasil (1815-1817).
Rio de Janeiro: Editora Kosmos, 1977. 179p.

Antologia da alimentação no Brasil.
Rio de Janeiro: Livros Técnicos e Científicos, 1977. 254p.
Edição atual – 2. ed. São Paulo: Global, 2008. 304p.

Três ensaios franceses.
Natal: Fundação José Augusto, 1977. 84p.

Contes traditionnels du Brésil. Alléguéde, Bernard [Tradução].
Paris: G. P. Maisonneuve et Larose, 1978. 255p.

DÉCADA DE 1980

O livro das velhas figuras.
Natal: Edições do IHGRN, Fundação José Augusto, 1980. v. 4. 164p.

Mossoró: região e cidade.
Natal: Editora Universitária, 1980. Coleção Mossoroense, 103. 164p.
Edição atual – 2. ed. Mossoró: ESAM, 1998. Coleção Mossoroense, série C, v. 999. 164p.

O livro das velhas figuras.
Natal: Edições do IHGRN, Fundação José Augusto, 1981. v. 5. 136p.

Superstição no Brasil. (Superstições e costumes, Anúbis e outros ensaios, Religião no povo)
Belo Horizonte: Itatiaia; São Paulo: EDUSP, 1985. Coleção Reconquista do Brasil. 443p.
Edição atual – 5. ed. São Paulo: Global, 2002. 496p.

O livro das velhas figuras.
Natal: Edições do IHGRN, Coojornal, 1989. v. 6. 140p.

DÉCADA DE 1990

Notícia sobre dez municípios potiguares.
Mossoró: ESAM, 1998. Coleção Mossoroense, série C, v. 1.001. 55p.

Os compadres corcundas e outros contos brasileiros.
Rio de Janeiro: Ediouro, 1997. 123p. Leituras Fora de Série.

DÉCADA DE 2000

O livro das velhas figuras.
Natal: Edições do IHGRN, Sebo Vermelho, 2002. v. 7. 260p.

O livro das velhas figuras.
Natal: Edições do IHGRN, EDUFRN – Editora da UFRN, 2002. v. 8. 138p.

O livro das velhas figuras.
Natal: Edições do IHGRN, EDUFRN – Editora da UFRN, 2005. v. 9. 208p.

Lendas brasileiras para jovens.
2. ed. São Paulo: Global, 2008. 126p.

Contos tradicionais do Brasil para jovens.
2. ed. São Paulo: Global, 2006. 125p.

No caminho do avião... Notas de reportagem aérea (1922-1933)
Natal: EDUFRN – Editora da UFRN, 2007. 84p.

O livro das velhas figuras.
Natal: Edições do IHGRN, Sebo Vermelho, 2008. v. 10. 193p.

A Casa de Cunhaú. (História e Genealogia)
   Brasília: Edições do Senado Federal, v. 45, 2008. 182p.

Vaqueiros e cantadores para jovens.
   São Paulo: Global, 2010. 142p.

EDIÇÕES TRADUZIDAS, ORGANIZADAS, COMPILADAS E ANOTADAS

Versos, de Lourival Açucena. [Organização e anotações]
   Natal: Typ. d'A Imprensa, 1927. 93p.
   Edição atual – 2. ed. Natal: Universitária, Coleção Resgate, 1986. 113p.

Viagens ao Nordeste do Brasil, de Henry Koster. [Tradução]
   São Paulo: Editora Nacional, 1942.

Festas e tradições populares do Brasil, de Mello Moraes. [Revisão e notas]
   Rio de Janeiro: Briguiet, 1946. 551p.

Os mitos amazônicos da tartaruga, de Charles Frederick Hartt. [Tradução e notas]
   Recife: Arquivo Público Estadual, 1952. 69p.

Cantos populares do Brasil, de Sílvio Romero. [Anotações]
   Rio de Janeiro: José Olympio Editora, 2v., 1954. Coleção Documentos Brasileiros, Folclore Brasileiro, 1. 711p.

Contos populares do Brasil, de Sílvio Romero. [Anotações]
   Rio de Janeiro: José Olympio Editora, 1954. Coleção Documentos Brasileiros, Folclore Brasileiro, 2. 411p.

Poesia, de Domingos Caldas Barbosa. [Compilação]
   Rio de Janeiro: Editora Agir, 1958. Coleção Nossos Clássicos, 16. 109p.

Poesia, de Antônio Nobre. [Compilação]
   Rio de Janeiro: Editora Agir, 1959. Coleção Nossos Clássicos, 41. 103p.

Paliçadas e gases asfixiantes entre os indígenas da América do Sul, de Erland Nordenskiold. [Introdução e notas]
   Rio de Janeiro: Biblioteca do Exército, 1961. 56p.

Os ciganos e cancioneiros dos ciganos, de Mello Moraes. [Revisão e notas]
   Belo Horizonte: [s.ed.], 1981.

Opúsculos

Década de 1930

A intencionalidade no descobrimento do Brasil.
Natal: Imprensa Oficial, 1933. 30p.

O mais antigo marco colonial do Brasil.
Natal: Centro de Imprensa, 1934. 18p.

O brasão holandês do Rio Grande do Norte.
Natal: Imprensa Oficial, 1936.

Conversa sobre a hipoteca.
São Paulo: [s.ed.], 1936. (Apud Revista da Academia Norte-rio-grandense de Letras, v. 40, n. 28, dez. 1998.)

Os índios conheciam a propriedade privada?
São Paulo: [s.ed.], 1936. (Apud Revista da Academia Norte-rio-grandense de Letras, v. 40, n. 28, dez. 1998.)

Uma interpretação da couvade.
São Paulo: [s.ed.], 1936. (Apud Revista da Academia Norte-rio-grandense de Letras, v. 40, n. 28, dez. 1998.)

Notas para a história do Ateneu.
Natal: Instituto Histórico e Geográfico do Rio Grande do Norte, 1937. (Apud Revista da Academia Norte-rio-grandense de Letras, v. 40, n. 28, dez. 1998.)

Peixes no idioma Tupi.
Rio de Janeiro: [s.ed.], 1938. (Apud Revista da Academia Norte-rio--grandense de Letras, v. 40, n. 28, dez. 1998.)

Década de 1940

Montaigne e o índio brasileiro. [Tradução e notas do capítulo "Des caniballes" do Essais]
São Paulo: Cadernos da Hora Presente, 1940.

O Presidente parrudo.
Natal: [s.ed.], 1941. (Apud Revista da Academia Norte-rio-grandense de Letras, v. 40, n. 28, dez. 1998.)

Sociedade Brasileira de Folk-lore.
Natal: Oficinas do DEIP, 1942. 14p.

Simultaneidade de ciclos temáticos afro-brasileiros.
Porto: [s.ed.], 1948. (Apud Revista da Academia Norte-rio-grandense de Letras, v. 40, n. 28, dez. 1998.)

Conferência (Tricentenário dos Guararapes). [separata]
Revista do Arquivo Público, n. VI. Recife: Imprensa Oficial, 1949. 15p.

Consultando São João: pesquisa sobre a origem de algumas adivinhações.
Natal: Departamento de Imprensa, 1949. Sociedade Brasileira de Folclore, 1. 22p.

Gorgoneion [separata]
Revista "Homenaje a Don Luís de Hoyos Sainz", 1. Madrid: Valerá, 1949. 11p.

DÉCADA DE 1950

O símbolo jurídico do Pelourinho. [separata]
Revista do Instituto Histórico e Geográfico do Rio Grande do Norte.
Natal: [s.ed.], 1950. 21p.

O Folk-lore nos Autos Camoneanos.
Natal: Departamento de Imprensa, 1950. 18p.

Conversa sobre direito internacional público.
Natal: [s.ed.], 1951 (Apud Revista da Academia Norte-rio-grandense de Letras, v. 40, n. 28, dez. 1998.)

Atirei um limão verde.
Porto: [s.ed.], 1951 (Apud Revista da Academia Norte-rio-grandense de Letras, v. 40, n. 28, dez. 1998.)

Os velhos entremezes circenses.
Porto: [s.ed.], 1951 (Apud Revista da Academia Norte-rio-grandense de Letras, v. 40, n. 28, dez. 1998.)

Custódias com campainhas. [separata]
Revista Oficial do Grêmio dos Industriais de Ourivesaria do Norte. Porto: Ourivesaria Portuguesa, 1951. Capítulo XI. 108p.

A mais antiga igreja do Seridó.
Natal: [s.ed.], 1952 (Apud Revista da Academia Norte-rio-grandense de Letras, v. 40, n. 28, dez. 1998.)

Tradición de un cuento brasileño. [separata]
Archivos Venezolanos de Folklore. Caracas: Universidade Central, 1952.

Com D. Quixote no folclore brasileiro. [separata]
Revista de Dialectología y Tradiciones Populares. Madrid: C. Bermejo, 1952. 19p.

O poldrinho sertanejo e os filhos do vizir do Egito. [separata]
Revista Bando, ano III, v. III, n. 3. Natal: [s.ed.], 1952. 15p.

Na casa de surdos. [separata]
Revista de Dialectología y Tradiciones Populares, 9. Madrid: C. Bermejo, 1952. 21p.

A origem da vaquejada no Nordeste do Brasil. [separata]
Douro-Litoral, 3/4, 5ª série. Porto: Simões Lopes, 1953. 7p.

Alguns jogos infantis no Brasil. [separata]
Douro-Litoral, 7/8, 5ª série. Porto: Simões Lopes, 1953. 5p.

No tempo em que os bichos falavam.
Salvador: Editora Progresso, 1954. 37p.

Cinco temas do Heptaméron na literatura oral ibérica. [separata]
Douro-Litoral, 5/6, 6ª série. Porto: Simões Lopes, 1954. 12p.

Os velhos caminhos do Nordeste.
Natal: [s.ed.], 1954 (Apud Revista da Academia Norte-rio-grandense de Letras, v. 40, n. 28, dez. 1998).

Notas para a história da Paróquia de Nova Cruz.
Natal: Arquidiocese de Natal, 1955. 30p.

Paróquias do Rio Grande do Norte.
Natal: Departamento de Imprensa, 1955. 30p.

Bibliografia.
Natal: Lira, 1956. 7p.

Comadre e compadre. [separata]
Revista de Dialectología y Tradiciones Populares, 12. Madrid: C. Bermejo, 1956. 12p.

Sociologia da abolição em Mossoró. [separata]
Boletim Bibliográfico, n. 95-100. Mossoró: [s.ed.], 1956. 6p.

A função dos arquivos. [separata]
Revista do Arquivo Público, 9/10, 1953. Recife: Arquivo Público Estadual/SIJ, 1956. 13p.

Exibição da prova de virgindade. [separata]
Revista Brasileira de Medicina, v. XIV, n. 11. Rio de Janeiro: [s.ed.], 1957. 6p.

Três poemas de Walt Whitman. [Tradução]
Recife: Imprensa Oficial, 1957. Coleção Concórdia. 15p.
Edição atual – Mossoró: ESAM, 1992. Coleção Mossoroense, série B, n. 1.137. 15p.

O mosquiteiro é ameríndio? [separata]
Revista de Dialectología y Tradiciones Populares, 13. Madrid: C. Bermejo, 1957. 7p.

Promessa de jantar aos cães. [separata]
Revista de Dialectología y Tradiciones Populares, 14. Madrid: C. Bermejo, 1958. 4p.

Assunto latrinário. [separata]
Revista Brasileira de Medicina, v. XVI, n. 7. Rio de Janeiro: [s.ed.], 1959. 7p.

Levantando a saia... [separata]
Revista Brasileira de Medicina, v. XVI, n. 12. Rio de Janeiro: [s.ed.], 1959. 8p.

Universidade e civilização.
Natal: Departamento de Imprensa, 1959. 12p.
Edição atual – 2. ed. Natal: Editora Universitária, 1988. 22p.

Canção da vida breve. [separata]
Sociedade Portuguesa de Antropologia e Etnologia, Faculdade de Ciências do Porto. Porto: Imprensa Portuguesa, 1959.

Década de 1960

Complexo sociológico do vizinho. [separata]
Actas do Colóquio de Estudos Etnográficos Dr. José Leite de Vasconcelos, Junta de Província do Douro Litoral, 18, V. II. Porto: Imprensa Portuguesa, 1960. 10p.

A família do Padre Miguelinho.
Natal: Departamento de Imprensa, 1960. Coleção Mossoroense, série B, 55. 32p.

A noiva de Arraiolos. [separata]
Revista de Dialectología y Tradiciones Populares, 16. Madrid: C. Bermejo, 1960. 3p.

Etnografia e direito.
Recife: Imprensa Oficial, 1961. 27p.

Breve história do Palácio da Esperança.
Natal: Departamento de Imprensa, 1961. 46p.

Roland no Brasil.
Natal: Tip. Santa Teresinha, 1962. 11p.

Temas do Mireio no folclore de Portugal e Brasil. [separata]
Revista Ocidente, 64, jan. Lisboa: [s.ed.], 1963.

História da alimentação no Brasil. [separata]
Revista de Etnografia, 1, Museu de Etnografia e História, Junta Distrital do Porto. Porto: Imprensa Portuguesa, 1963. 7p.

A cozinha africana no Brasil.
Luanda: Imprensa Nacional de Angola, 1964. Publicação do Museu de Angola. 36p.

O bom paladar é dos ricos ou dos pobres? [separata]
Revista de Etnografia, Museu de Etnografia e História. Porto: Imprensa Portuguesa, 1964. 6p.

Ecce iterum macaco e combuca. [separata]
Revista de Etnografia, 7, Museu de Etnografia e História, Junta Distrital do Porto. Porto: Imprensa Portuguesa, 1965. 4p.

Macaco velho não mete a mão em cambuca. [separata]
Revista de Etnografia, 6, Museu de Etnografia e História, Junta Distrital do Porto. Porto: Imprensa Portuguesa, 1965. 4p.

Prelúdio da Gaita. [separata]
Revista de Etnografia, 8, Museu de Etnografia e História, Junta Distrital do Porto. Porto: Imprensa Portuguesa, 1965. 4p.

Presença moura no Brasil. [separata]
Revista de Etnografia, 9, Museu de Etnografia e História, Junta Distrital do Porto. Porto: Imprensa Portuguesa, 1965. 13p.

Prelúdio da cachaça. [separata]
Revista de Etnografia, 11, Museu de Etnografia e História, Junta Distrital do Porto. Porto: Imprensa Portuguesa, 1966. 17p.

História de um livro perdido. [separata]
Arquivos do Instituto de Antropologia Câmara Cascudo, v. II, n. 1-2. Natal: UFRN, 1966. 19p.

Abóbora e jirimum. [separata]
Revista de Etnografia, 12, Museu de Etnografia e História, Junta Distrital do Porto. Porto: Imprensa Portuguesa, 1966. 6p.

O mais pobre dos dois... [separata]
Revista de Dialectología y Tradiciones Populares, tomo XXII, Cuadernos 1º y 2º. Madrid: C. Bermejo, 1966. 6p.

Duó.
Mossoró: ESAM, 1966. Coleção Mossoroense, série B, n. 82. 19p.

Viagem com Mofina Mendes ou da imaginação determinante. [separata]
Memórias da Academia das Ciências de Lisboa, Classe de Letras, 9. Lisboa: [s.ed.], 1966. 18p.

Ancha es Castilla! [separata]
Memórias da Academia das Ciências de Lisboa, Classe de Letras, tomo X. Lisboa: Academia de Ciências de Lisboa, 1967. 11p.

Folclore do mar. [separata]
Revista de Etnografia, 13, Museu de Etnografia e História, Junta Distrital do Porto. Porto: Imprensa Portuguesa, 1967. 8p.

A banana no Paraíso. [separata]
Revista de Etnografia, 14, Museu de Etnografia e História, Junta Distrital do Porto. Porto: Imprensa Portuguesa, 1967. 4p.

Desejo e Couvade. [separata]
Revista de Etnografia, 17, Museu de Etnografia e História, Junta Distrital do Porto. Porto: Imprensa Portuguesa, 1967. 4p.

Terras de Espanha, voz do Brasil (Confrontos e semelhanças). [separata]
Revista de Etnografia, 16, Museu de Etnografia e História, Junta Distrital do Porto. Porto: Imprensa Portuguesa, 1967. 25p.

Calendário das festas.
Rio de Janeiro: MEC, 1968. Caderno de Folclore, 5. 8p.

Às de Vila Diogo. [separata]
Revista de Etnografia, 18, Museu de Etnografia e História, Junta Distrital do Porto. Porto: Imprensa Portuguesa, 1968. 4p.

Assunto gago. [separata]
Revista de Etnografia, 19, Museu de Etnografia e História, Junta Distrital do Porto. Porto: Imprensa Portuguesa, 1968. 5p.

Vista de Londres. [separata]
Revista de Etnografia, 20, Museu de Etnografia e História, Junta Distrital do Porto. Porto: Imprensa Portuguesa, 1968. 29p.

A vaquejada nordestina e sua origem.
Recife: Instituto Joaquim Nabuco de Pesquisas Sociais, 1969. 48p.

Aristófanes. Viva o seu Personagem... [separata]
Revista "Dionysos", 14(17), jul. 1969. Rio de Janeiro: SNT/MEC, 1969. 11p.

Ceca e Meca. [separata]
Revista de Etnografia, 22, Museu de Etnografia e História da Junta Distrital do Porto. Porto: Imprensa Portuguesa, 1969. 9p.

Dezembrada e seus heróis: 1868/1968.
Natal: DEI, 1969. 30p.

Disputas gastronômicas. [separata]
Revista de Etnografia, 23, Museu de Etnografia e História, Junta Distrital do Porto. Porto: Imprensa Portuguesa, 1969. 5p.

Esta he Lixboa Prezada... [separata]
Revista de Etnografia, 21, Museu de Etnografia e História, Junta Distrital do Porto. Porto: Imprensa Portuguesa, 1969. 19p.

Locuções tradicionais. [separata]
Revista Brasileira de Cultura, 1, jul/set. Rio de Janeiro: CFC, 1969. 18p.

Alexander von Humboldt: um patrimônio imortal – 1769-1969.
[Conferência]
Natal: Nordeste, 1969. 21p.

Desplantes. [separata]
Revista do Arquivo Municipal, v. 176, ano 32. São Paulo: EGTR, 1969. 12p.

DÉCADA DE 1970

Conversa para o estudo afro-brasileiro. [separata]
Cadernos Brasileiros CB, n. 1, ano XII, n. 57, janeiro-fevereiro. Rio de Janeiro: Sociedade Gráfica Vida Doméstica Ltda., 1970. 11p.

O morto no Brasil. [separata]
Revista de Etnografia, 27, Museu de Etnografia e História, Junta Distrital do Porto. Porto: Imprensa Portuguesa, 1970. 18p.

Notícias das chuvas e dos ventos no Brasil. [separata]
Revista de Etnografia, 26, Museu de Etnografia e História, Junta Distrital do Porto. Porto: Imprensa Portuguesa, 1970. 18p.

Três notas brasileiras. [separata]
Boletim da Junta Distrital de Lisboa, 73/74. Lisboa: Ramos, Afonso & Moita Ltda., 1970. 14p.

Água do Lima no Capibaribe. [separata]
Revista de Etnografia, 28, Museu de Etnografia e História, Junta Distrital do Porto. Porto: Imprensa Portuguesa, 1971. 7p.

Divórcio no talher. [separata]
Revista de Etnografia, 32, Museu de Etnografia e História, Junta Distrital do Porto. Porto: Imprensa Portuguesa, 1972. 4p.

Folclore nos Autos Camoneanos. [separata]
Revista de Etnografia, 31, Museu de Etnografia e História, Junta Distrital do Porto. Porto: Imprensa Portuguesa, 1972. 13p.

Uma nota sobre o cachimbo inglês. [separata]
Revista de Etnografia, 30, Museu de Etnografia e História, Junta Distrital do Porto. Porto: Imprensa Portuguesa, 1972. 11p.

Visão do folclore nordestino. [separata]
Revista de Etnografia, 29, Museu de Etnografia e História, Junta Distrital do Porto. Porto: Imprensa Portuguesa, 1972. 7p.

Caminhos da convivência brasileira. [separata]
Revista Ocidente, 84. Lisboa: [s.ed.], 1973.

Meu amigo Thaville: evocações e panorama.
Rio de Janeiro: Editora Pongetti, 1974. 48p.

Mitos brasileiros.
Rio de Janeiro: MEC, 1976. Cadernos de Folclore, 6. 24p.

Imagens de Espanha no popular do Brasil. [separata]
Revista de Dialectología y Tradiciones Populares, 32. Madrid: C. Bermejo, 1976. 9p.

Mouros e judeus na tradição popular do Brasil.
Recife: Governo do Estado de Pernambuco, Departamento de Cultura/SEC, 1978. 45p.

Breve História do Palácio Potengi.
Natal: Fundação José Augusto, 1978. 48p.

Década de 1990

Jararaca. [separata]
Mossoró: ESAM, 1990. Coleção Mossoroense, série B, n. 716. 13p.

Jesuíno Brilhante. [separata]
Mossoró: ESAM, 1990. Coleção Mossoroense, série B, n. 717. 15p.

Mossoró e Moçoró. [separata]
Mossoró: ESAM, 1991. 10p.

Acari, Caicó e Currais Novos. [separata]
Revista Potyguar. Mossoró: ESAM, 1991.

Caraúbas, Assú e Santa Cruz. [separata]
Revista Potyguar. Mossoró: ESAM, 1991. 11p.
Edição atual – Mossoró: ESAM, 1991. Coleção Mossoroense, série B, n. 1.047. 11p.

A carnaúba. [fac-símile]
Revista Brasileira de Geografia. Mossoró: ESAM, 1991. 61p.
Edição atual – Mossoró: ESAM, 1998. Coleção Mossoroense, série C, v. 996. 61p.

Natal. [separata]
Revista Potyguar. Mossoró: ESAM/FGD, 1991.

Mossoró e Areia Branca. [separata]
Revista Potyguar. Mossoró: ESAM/FGD, 1991. 17p.

A família norte-rio-grandense do primeiro bispo de Mossoró.
Mossoró: ESAM/FGD, 1991.

A "cacimba do padre" em Fernando de Noronha.
Natal: Sebo Vermelho, Fundação José Augusto, 1996. 12p.

O padre Longino, um tema proibido.
Mossoró: ESAM, 1998. Coleção Mossoroense, série B, n. 1.500. 11p.

Apresentação do livro de José Mauro de Vasconcelos, Banana Brava, romance editado pela AGIR em 1944.
Mossoró: ESAM, 1998. Coleção Mossoroense, série B, n. 1.586. 4p.

História da alimentação no Brasil. [separata]
Natal: Edições do IHGRN, 1998. 7p.

Cidade do Natal.
Natal: Sebo Vermelho, 1999. 34p.

O outro Monteiro Lobato. [Acta Diurna]
Mossoró: Fundação Vingt-un Rosado, 1999. 5p.

DÉCADA DE 2000

O marido da Mãe-d'água. A princesa e o gigante.
2. ed. São Paulo: Global, 2001. 16p. Coleção Contos de Encantamento.

Maria Gomes.
3. ed. São Paulo: Global, 2002. 16p. Coleção Contos de Encantamento.

Couro de piolho.
3. ed. São Paulo: Global, 2002. 16p. Coleção Contos de Encantamento.

A princesa de Bambuluá.
3. ed. São Paulo: Global, 2003. 16p. Coleção Contos de Encantamento.

La princesa de Bambuluá.
São Paulo: Global, 2006. 16p. Colección Cuentos de Encantamientos.

El marido de la madre de las aguas. La princesa y el gigante.
São Paulo: Global, 2006. 16p. Colección Cuentos de Encantamientos.

O papagaio real.
São Paulo: Global, 2004. 16p. Coleção Contos de Encantamento.

Facécias: contos populares divertidos.
São Paulo: Global, 2006. 24p.

Obras de Luís da Câmara Cascudo

Publicadas pela Global Editora

Antologia da alimentação no Brasil
Antologia do folclore brasileiro – volume 1
Antologia do folclore brasileiro – volume 2
Câmara Cascudo e Mário de Andrade – Cartas 1924-1944
Canto de muro
Civilização e cultura
Coisas que o povo diz
Contos tradicionais do Brasil
Dicionário do folclore brasileiro
Folclore do Brasil
Geografia dos mitos brasileiros
História da alimentação no Brasil
História dos nossos gestos
Jangada – Uma pesquisa etnográfica
Lendas brasileiras
Literatura oral no Brasil
Locuções tradicionais no Brasil
Made in Africa
Mouros, franceses e judeus – Três presenças no Brasil
Prelúdio da cachaça
Prelúdio e fuga do real
Rede de dormir – Uma pesquisa etnográfica
Religião no povo
Sociologia do Açúcar
Superstição no Brasil
Tradição, ciência do povo
Vaqueiros e cantadores
Viajando o sertão

Obras juvenis

Contos de exemplo
Contos tradicionais do Brasil para jovens
Histórias de vaqueiros e cantadores para jovens
Lendas brasileiras para jovens
Vaqueiros e cantadores para jovens

Obras infantis

A princesa de Bambuluá
Contos de animais
Couro de piolho
Facécias
Maria Gomes
O marido da Mãe-d'Água e *A princesa e o gigante*
O papagaio real